반 발짝 앞서 씩씩하게 걸어가는 혜윤의 이야기에 위로받는 사람은
나 만이 아닐 것이다. 사랑, 일, 가족으로부터 독립한 혜윤의 내밀한
이 야기를 읽으며 내 안에 반짝이는 용기를 발견했다. '안정성'을 내
려 놓고 '나답게' 살기로 결심한 혜윤의 마음을 따라가다 보니 '나다
운' 길은 어떤 길일까 궁금해진다.
책 속의 모든 문장이 나를 응원한다. 두려움이 몰려올 때 이 책을
꺼 어 읽어야지. '나만의 고유한 색을 인지하고 소중하게 다루며
풍 롭고 행복하면 좋겠다'는 혜윤의 마음이 당신에게도 단단한 응
원 건넬 거라 굳게 믿는다.

– 굿수진(『하와이, 나의 소울컨츄리』 지은이, 마케터)

"저, 괜찮아지겠죠?"

지난겨울, 이별의 상흔 속에서도 나아가려고 부단히 애쓰던 혜윤이 물었다. 이 책을 덮고 나니, 그 물음이 추억이 될 만큼 단단하게 서 있는 혜윤을 마주한다. 이 책의 독립은 '나다움'으로 읽힌다. 마음이 가장 약해졌을 때 익숙한 관계, 집, 회사에 머무르는 대신 생경한 나를 선택한 사람의 기록이기 때문이다. 비일상적인 여행에서 나의 참된 모습을 발견하듯이 혜윤의 독립은 그다운 세상을 쌓아가는 사건이 된다.

누구에게나 일상의 안온함을 깨는 사건은 찾아온다. 이 책은 그 사건을 잘 피하는 방법이 아니라 나를 껴안고, 나다운 삶을 찾아가는 삶의 태도를 보여준다. "괜찮아질 거예요. 자신을 믿고 홀로서기를 하세요"라고 용기를 준다.

– 손하빈(자아성장 큐레이션 플랫폼 '밑미meet me' 대표)

독립은 여행

독립은 여행

정혜윤 지음

삶이 흔들릴 때,
나를 다시 찾기 위해
독립을 선택했다

북노마드

독립 생활자

2020년은 저에게 변화의 해였습니다. 모두의 일상을 뒤흔든 바이러스를 차치하고 봐도, 하루아침에 이전과는 전혀 다른 변화의 폭풍 속으로 내던져진 것 같았어요. 2020년을 기점으로 이전과 이후의 제 모습이 나뉩니다. 그때의 나와 지금의 내가 거의 다른 사람처럼 느껴질 정도로요.

'나의 미래는 이렇지 않을까' 막연하게 꿈꾸던 장면들이 있었지만, 한 사람과의 관계가 끊어지며 많은 것을 내려놓아야 했습니다. 한때 내 인생의 우선순위에 있던 사람을 떠나보내고, 그와 내가 우리로 존재하던 8년이란 시간을 떠올리면 어쩔 줄 몰랐습니다. 그 시간은 즐겁고 반짝이는 기억으로 가득했거든요. 오랫동안 아끼고 사랑했던 세계에 매듭을 짓고 손에서 놓기란 쉽지 않았습니다.

그때는 하루하루 버티는 것이 버거웠어요. 그렇게 좋아하는 맛있는 음식도 잘 먹지 못했고, 생기를 잃은 눈으로 그저 시간을 흘려보냈습니다. 그 와중에도 굳게 마음먹고 있던 점은 있었어요. 현실에서 도망치기 위해 나를 파괴하는 방식으로 시간을 보내지는 않겠다는 것. 지금도 충분히 힘들어서, 그렇게 했을 때 이후의 나를 감당하는 일이 두려웠던 것 같아요. 좋아하는 술도 멀리하고, 마음을 회복하기 위해 안간힘을 썼습니다. 그런데 참 아이러니하게도 마음의 회복은 애쓸 때보다 새로운 변화를 일상으로 받아들이며 자연스럽게 찾아오더라고요.

2020년의 제 인생 키워드를 꼽으라면 단연 "독립"입니다. 갑작스러운 이별 끝에 아끼던 관계로부터 독립했고, 혼자 살기로 결심하며 가족의 품으로부터 독립했습니다. 코로나 시대로 앞당겨진 고민과 함께 창업 초기부터 일한 회사로부터도 독립했습니다. 1년이 안 되는 기간 동안 관계, 집, 회사로부터 독립하며 독립 3종 세트를 이뤘어요. 이전부터 '독립적'이란 소리를 자주 들었는데, 연달은 변화를 겪는 동안 '독립'은 저에게 키워드처럼 따라붙었습니다. '혼자'의 의미를 여러 번 되새긴 해였어요. 내가 나와 보내는 시간이 늘어나며 인생의 새 챕터가 시작되었습니다.

우리는 이전의 나에서 탈피하며 알을 깨는 경험을 합니다. 갓난아기 때 부모의 품만 하던 세계는 학교에 가며, 여행을 다니며, 새로운 인연과 지식을 얻으며 점점 확장됩니다. 익숙하지 않은 환경에서 내가 어떤 선택을 하는 사람인지 스스로 확인하며 자신을 알아갑니다. 굳었던 틀이 깨지는 경험은 성장통처럼 우리를 조금 더 큰 사람으로 성장시킵니다. 우여곡절을 겪으며 혼자서 알을 깨고 나와 무언가를 시도해본 경험이 자아를 더 선명하게 만든 '독립의 순간'이었던 듯합니다.

사랑했던 세계가 무너지는 아픈 경험을 했지만, '융지트'라고 이름 지은 나의 공간을 가꾸며 허전함을 분출시켰습니다. 독립을 하고 나의 세계를 내가 다시 구축하며 에너지를 채워나갔습니다. 독립이란 결국 나다움을 찾아가는 과정이 아닐까요. 혼자서 견디고 헤쳐나가야 하는 고통이 따를 수도 있지만, 그 과정을 통해 내가 누구인지, 무엇을 좋아하고 원하는지를 더 잘 아는 것. 자신의 의지로 그 일을 찾아가고 있다는 뿌듯함으로 인해 내면에 강인한 힘이 생기는 것. 그 힘을 바탕으로 진정한 홀로서기를 이룰 수 있는 것.

개인적으로 2020년은 저에게 2017년만큼 모험을 했던 시기로 기억될 것 같습니다. 어딘가를 향해 물리적으로 이동하지는 않았지만, 가보지 않은 길을 가며 새로운 나를 알게 되었습니다. 다양한 모양의 독립을 연속적으로 겪으며 하고 싶은 말이 생겼어요. 저의 첫 책 『퇴사는 여행』이 '무슨 일을 하며 살 것인가'를 고민하며 2017년 1년간 자발적인 백수 상태로 홀로서기 실험을 했던 경험을 담았다면, 『독립은 여행』은 나의 매일을 이루는 일상, 공간, 일에 집중하며 내가 원하는 나를 다시 찾아간 경험을 담았습니다.

팬데믹 시대로 평범했던 일상을 도둑 맞고, 당연하다고 믿었던 것이 더 이상 당연하지 않은 세상입니다. '노멀normal'의 정의가 바뀌며 집의 의미가 달라졌고, 재택근무가 보편화되며 새로운 형태로 일하는 것을 고민하는 사람들이 늘어났어요. 한편으로는 바로 이런 점들 때문에 일상이 더욱 소중해졌고, 스스로와 보내는 시간이 늘어나며 '나'를 고민하는 사람들이 늘어났습니다. 변화가 디폴트인 세상에서 내가 나를 믿어줄 수 있다면 그것만큼 든든한 게 또 있을까요.

상황이 나를 흔들어도 나만의 중심을 잡아야겠다고, 좋은 사람들을 곁에 두고 더 단단해져야겠다고 다짐합니다. 중요한 갈림길에서 나에게 중요한 가치 앞에서 내가 먼저 타협하지 않기 위해서, 그리고 지키고 싶은 내 모습을 지키기 위해서요.

모든 것이 급변하는 시대에 의미 있는 일과 자신의 정체성을 고민하는 사람들에게 어쩌다 겹친 저의 독립 이야기가 작은 힌트와 용기를 전하기를 소망합니다.

▶ 글마다 제목 옆에 노래가 적혀 있습니다. 당시에 자주 들었던 음악, 글을 쓰면서 들었던 음악 혹은 제가 글을 통해 전달하고 싶은 감정의 연장선에 있는 음악입니다. 배경 음악이라 생각하고 들어주세요. 제가 추천한 노래를 틀어 놓고 읽으면 제 이야기가 더욱 잘 전달될 거예요. 책의 마지막 장에 '플레이 리스트play list'를 정리했습니다. QR 코드로 들어가면 확인할 수 있습니다.

차례

겨울, 관계로부터 독립

1

둘에서 이분의 일

나의 잇따른 독립 이야기는 예상하지 못했던 하나의 사건에서 출발한다. 절대 일어나지 않을 것 같은 일이었다. 그 사람과의 이별. 우리가 헤어지다니. 우리가 정말 헤어졌다니. 말도 안 돼.

나는 그와 결혼할 줄 알았다. 우리는 오랜 시간을 함께했다. 주변에서도 부러워하는 사이였다. 그 사람이 나를 바라보던 눈빛을 기억한다. 누군가 나를 사랑스럽게 바라봐준다는 사실이 새삼스러울 때가 있었다. 지하철 문이 열리면 나를 보고 바보같이 웃고 있는 그가 서 있었다. 언제나 같은 표정이었다. 나에게 이별을 고하기 전까지는. 아직도 그날의 잔상을 떠올리면 마음이 아려온다.

내가 마지막으로 담은 그의 모습은 우리가 헤어지기로 최종 결정하던 날, 아쉬워하는 나를 두고 돌아서서 걷던 그의 뒷모습이다. 처음 보는 낯선 모습에 나는 차마 발걸음을 떼지 못했다. 몇 걸음 걷지 못하고 참았던 눈물이 터져버렸다. 그가 시야에서 사라지자마자 겨우 붙잡고 있던 서러움이 쏟아져내렸다. 집으로 돌아가야 한다는 본능으로 주저앉고 싶은 마음을 간신히 누르고, 얼굴이 뭉개지든 말든 눈물을 마구 닦았다. 고개를 드니 달무리가 뿌옇게 보였다. 그때 그 사람은 어떤 표정을 짓고 있었을까. 나처럼 울고 있지는 않았을까.

우리는 12월에 헤어졌다. 왜 헤어졌을까. 우리는 서로 미래가 달랐다. 두 사람이 나란히 같은 곳을 바라보고 있다고 생각했는데, 알고 보니 서로 다른 곳을 바라보고 있었다. 각자 다른 곳을 향해 걸어가면 아무리 굳게 잡은 손이라 해도 끊어질 수밖에 없다.

이별이 결정된 순간, 나는 그에게 매달리지 않았다. 얼마나 힘들게 이야기를 꺼냈을지 알고 있었다. 그도 상처받았을 것이다. 매달려봤자 냉정하게 멀어질 사람이라는 사실도 알고 있었다. 믿을 수 없었지만 일단 후퇴하는 수밖에 없었다.

우리는 각자의 세계를 유지하면서도 잘 어울리는 편이었다. 독립적인 존재로 잘 만나고 있다고 믿었는데……. 헤어지고서야 실감했다. 나는 생각보다 그에게 의지하고 있었다. 그는 아빠가 돌아가시고 내가 가장 힘들었을 때 곁을 지켜준 고마운 사람이었다. 유머 감각도 뛰어나 함께하는 시간이 늘 즐거웠다. 나도 그도 흥이 많고 취향도 잘 통해서 신나게 놀다가도 다양한 주제로 토론을 나누곤 했다. 우리는 서로를 진심으로 존중하고 아꼈다. 그건 분명한 사랑이었다. 그 시간을 후회하지 않는다.

오랜 시간 함께하며 자연스레 닮아간 관계가 끊어져서일까. 내 안에 크고 견고한 세계가 무너진 느낌이었다. 나는 반쪽이 되어 있었다. 혼란스러웠다. 이게 내가 좋아했던 건가, 그 사람이 좋아해서 좋아했던 건가. 좋아했던 일을, 같이했던 것들을 혼자서는 더 이상 할 수 없는 걸까. 둘이 함께 친했던 친구들은 어떻게 되는 거지. 이별로 인해 나는 얼마나 바뀌려나.

이별만으로도 슬픈데, 많은 것을 확신할 수 없는 상황과 우리의 세계에서 떨어져나간 파편과 잃어버린 것들을 생각하니 더 서글퍼졌다.

많이 아팠다. 감기에 걸려 시름시름 앓았다. 잠이 오지 않았고, 밥이 들어가지 않았다. 아무것도 하고 싶지 않았다. 밤마다 울면서 일기를 쓰고, 침대에 웅크린 채로 사주와 타로를 뒤적거렸다. 이제는 더는 보낼 수 없는 편지를 쓰고, 다시 읽으며 청승맞게 울곤 했다. 종이에 떨어진 눈물 자국을 닦으며 '이게 다 무슨 소용이야' 싶었지만 어쩔 수 없었다. 할 수 있는 일이 없었다. 숨을 쉬고, 시간을 흘려보내는 것밖에는.

누구보다 잘 안다고 생각했던 사람이 한순간에 모르는 사람이 되었다. 내 삶에 한 사람이 빠졌을 뿐인데 전혀 다른 미래를 그려야 했다. 인생은 한 번뿐이라지만 두 번 사는 느낌이 들었다. 모든 것이 그대로인데 모든 게 바뀐 상황. 아빠를 잃었을 때 평화로운 일상이 너무도 미웠는데, 지금도 그랬다.

 - 아아, 내 인생은 어디로 흘러가는 걸까.

혼잣말을 하고, 친구들에게 물었다. 어떻게 할 수 없는 상황에 나는 휘청거렸다. 인생은 결국 혼자라는 말이 이런 걸까. 친구들에게 힘든 마음을 나누고 도움을 받아도 결국 혼자 견뎌야 한다는 사실을 깨달았다. 이별의 상실감, 그것은 오롯이 내 몫이었다.

평행 세계가 존재하면 좋겠다고 바랐다. 그곳에 내가 그려온 미래가 있으면 좋겠다고. 내가 아꼈던 세계가 건재하기를. 그곳에서는 우리가 행복할 것 같았다. 그러나 시간이 흐를수록 과거의 내가 다른 사람처럼 느껴졌다. 우리는 이미 서로 다른 길로 흘러가고 있었다. 어느 순간부터 그곳의 내가 부럽지 않게 '이곳'의 나도 힘을 내야겠다고 다짐했다.

더디게 걷던 걸음에 점점 속도가 붙었다. 반쪽짜리 나로부터 혼자여도 충분한 '온전한' 나로 나머지 반을 채워가는 여정에 나섰다. 내 사주에 따르면 올해부터 대운이 바뀐단다. 예고 없이 찾아온 변화가 어쩌면 나를 위한 변화였는지도 모른다.

　　이제 나는 인정한다. 이별은 또 다른 인생의 시작이었다.

둘에서 이분의 일

2

머리는 멍하게, 몸은 바쁘게

아껴왔던 과거가 현재와 이어지지 않고 어느 순간 툭 끊겨버렸다. 그 상실감이 고스란히 느껴지는 날이면 눈시울이 붉어졌다. 이불에 얼굴을 파묻고 한바탕 울다가 천장을 바라보고 멀뚱거렸다. 부스럭거리다가 다시 스마트폰을 붙잡고 의미 없이 시간을 흘려보냈다.

이별 후 여느 때처럼 잠이 오지 않던 밤, 뒤척이다 몸을 일으켜 엄마 방문을 두드렸다. 어릴 적 무서운 꿈을 꿀 때마다 엄마 옆에 누워서 잠을 청하곤 했다. 엄마 곁은 따뜻하고 포근했다. 안전한 느낌이 들어 스르르 잠이 들었다.

오랜만에 엄마랑 나란히 누워 밤새도록 이야기를 나눴다. 처음 듣는 이야기가 많았다. 결혼 이야기, 아빠 이야기, 힘들었던 시기와 그것을 극복했던 이야기. 소중한 시간이었다. 이별 덕분에 나눌 수 있었던 대화였다. '이별 덕분에'라니. 이런 상황에도 고마운 마음이 들다니. 역시 엄마는 최고다. 언제든 내가 기대고 돌아갈 수 있는 집 같은 사람. 나의 도피처이자 안식처.

　- 그럴 땐 머리는 멍하게 두고 몸을 움직여.

엄마가 해준 말이 위로가 되었다. 시간이 약이니 괜찮아질 거야, 라는 말보다 지금은 힘든 게 당연하다는 말이 위안이 되었다.

엄마는 경기도 하남에 혼자 살 집을 구해서 올여름 이사를 갈 예정이다. 지금 사는 집은 우리 가족이 10년 넘게 지냈던 곳인데, 아빠가 떠나고, 동생 지윤이도 결혼하자 둘이 살기에도, 혼자 살기에도 큰 집이 되어버렸다. 오래된 집이라 손볼 곳이 한두 군데가 아니다. 집을 정리해야 하다보니 자연스레 나는 그 사람과 같이 살 공간을 머릿속에 그리곤 했다. 그와 만나면 살고 싶은 동네와 벽에 걸고 싶은 그림을 이야기했다. 그러나 그 공간은 헤어짐과 동시에 모두 허공으로 흩어져 사라졌다.

– 혜윤아, 그냥 엄마랑 좀 더 살자.

– 아냐, 엄마. 독립할래. 독립하는 게 좋을 것 같아.

엄마의 말에 반사적으로 대답했다. 어떤 망설임도 없어서 나조차 놀랐다.

혼자만의 공간을 갖고 싶다는 바람은 오래전부터 있었다. 대학에 다니며 혼자 살았으니까, 결혼하기 전 한 번 더 나만의 공간을 가꾸고 싶었다. 하지만 현실적이지 않다는 이유 때문에 '그냥 해본 생각' 정도의 스탠스로 인생의 우선순위에서 밀려나 있었다.

인간의 마음이란 한편으론 냉정해서, 상황이 바뀌니 혼자 살고 싶은 마음이 곧장 수면 위로 떠올랐다. 이별은 이별대로 괴로워하면서도 나만 생각해서 독립하고 싶었다. 물론 그런 마음이 구석에서 중심으로 이동했다 하더라도 서로의 인생에 깊숙이 파고들었던 장기 연애의 끝이 쉬울 리 없었다.

머리로는 혼자 살 집을 구하면서도 마음은 자꾸만 뒤를 돌아보았다. 새로운 미래가 궁금하면서도 아껴왔던 과거와 도달할 수 있을 거라고 믿었던 미래가 발목을 붙잡았다. 지난 날을 향한 후회와 아쉬움이 교차하는데 현재를 살고 미래를 계획한다는 게 말처럼 쉬운 일인가. 행복은 선택이라고 하지만 상실감에 아프고 슬픈 사람에게 그 말은 공허할 뿐.

뻥 뚫려버린 가슴에 행복했던 기억이 불어올 때마다 몹시 시렸다. 그 기억이 살랑살랑 부는 따뜻한 봄바람에서 차가운 칼바람으로 변한 것 같아 서러웠다. 마음에 차가운 바람이 불어오자 몸도 머리도 얼어붙었다. 이별했던 12월부터 3월이 되기까지, 무슨 일을 했고 어떻게 시간을 보냈는지 기억나지 않는다.

외로움, 쓸쓸함, 괴로움, 상실감⋯⋯. 슬픔이라는 단어에 묶인 여러 감정은 어느새 나에게 기본값이 되어 동행하는 사이가 되어 있었다. 공허함에 자꾸만 멍해져도 엄마 말대로 그냥 몸을 움직였다. 춤 학원에 등록하고, 요가를 계속했다. '1 day class'로 그림을 그렸다. 몸을 움직일 때만큼은 생각의 늪에서 벗어날 수 있었다.

좀비처럼 지냈다. 최소한의 사람들만 만나고 회사와 집만 오갔다. 춤 학원과 요가 학원처럼 나의 개인사를 알지 못하는 사람들 틈에 있는 게 마음이 편했다. 그곳에서만큼은 배경에 녹아드는 '학생 1' 정도의 존재로 다른 자아가 되어 시간을 흘려보낼 수 있었기 때문이다.

그러다가 코로나19가 터졌다. 춤 학원도 요가 학원도 문을 닫았다. 현실인가 소설인가. 이상했다. 퇴근길이면 앉을 자리 없이 붐비던 지하철에 마스크를 낀 사람들이 드문드문 앉아 있었다. 사이렌이 울리고 재난 방송이 흘러나왔다.

- 신종 코로나 바이러스 감염 예방을 위한 안내 말씀을
드립니다. 반드시 마스크를 착용하시고…….

마스크를 써서 표정이 보이지 않는 사람들이 바삐 움직였
다. 애니메이션 〈에반게리온〉에 나왔던 세기말 속으로 들어온
것 같았다.

이질적인 기분으로 지하철역 출구를 빠져나오자 노을이
지고 있었다. 보랏빛으로 물든 하늘은 사람들의 발걸음을 멈
추어 세웠다. 황홀한 색감의 하늘 위로 유유히 흘러가는 바
닐라색 구름. 미세먼지 없이 청명한 공기. 아름다웠다. 자연은
인간의 오만함을 비웃듯 어느 때보다 아름다웠다. 성공과 효
율을 위해 가속도가 붙었던 인간의 행동에 제동이 걸리자 지
구와 생태계는 놀라울 정도로 빨리 회복되었다.

어쩌면 지구에게는 우리가 바이러스 같은 존재가 아닐까.
'모든 게 이대로 고통 없이 한순간에 사라져도 좋겠다…….'
평소의 나라면 하지 않을 생각이었다. 이기적이고 파괴적인
생각을 하는 나에게 화들짝 놀랐다. 무서웠다.

어둠보다는 빛의 세계를 믿고 싶었다. 내 안에 여전히 살
아 있는 천진난만한 아이를 지키고 싶었다. 그렇지 않아도 마
음이 시린데, 내가 좋아하는 내 모습마저 잃어버리고 싶지는
않았다.

코로나19가 심각해지며 정부는 사회적 거리 두기를 권장하고, 회사도 재택근무를 실시했다. 내상을 입은 채 돌아다니던 나는 불행인지 다행인지 반강제적으로 집에서 보내는 시간이 많아졌다.

우울한 내가 싫어서 억지로 정신을 다른 곳에 두었다. 일하거나 먹고 마시는 시간이 아니면 책 속으로 도피했다. 책을 읽으며 다른 세계로 빠져들었다. 시기적절하게 위로와 용기를 안겨주는 문장과 맞닥뜨리는 게 좋았다. 자기 전이면 침대에 웅크린 채로 온갖 부동산 앱과 사이트를 돌아다니며 집을 구경했다. 엄마와 사는 집을 정리하려면 시간이 많이 남았지만, 나를 위한 공간을 서둘러 구하고 싶었다. 오직 나만을 위해서, 내가 원하는 대로 가꾸어나갈 공간. 그곳에서만큼은 온전한 나로 살아가도록 나를 위한 시간을 '나에게' 선물하고 싶었다.

그렇게 '내가 원하는 내 공간'을 그려보았다. 공간을 구하며 절대로 포기할 수 없는 몇 가지 바람을 적어보았다.

- 한쪽 벽에 커다란 창문이 있으면 좋겠어.
- 창밖으로는 음악을 틀어놓고 멍 때리며 바라볼 수 있는 자연이 펼쳐지면 좋겠어. 노을 지는 하늘이나 예쁘고 나이 많은 나무 한 그루만 있어도 충분해.

- 여러 개 작은 방보다는 넓게 뻥 뚫린 시원한 공간이
　　있으면 좋겠어.

　머릿속으로 그림을 그리며 커다란 창문과 전망을 타협하지 말아야 할 필수 조건으로 정했다. 창문에 앉아 밖을 바라보기만 해도 작은 기쁨을 느낄 수 있는 공간을 꿈꾸었다.

　습관처럼 침대에 누워 부동산 앱을 뒤적이던 어느 날, 독특한 사진을 발견했다. 집에서 걸어서 10분이면 갈 수 있는 곳이었다. 바로 연락해서 다음 날 찾아가기로 약속을 잡았다. 그 건물 앞에는 한강 공원이, 뒤편에는 작은 언덕이 있었다. 문을 열고 들어가자 커다란 창문이 보였다. 사무실로 사용하던 공간을 주거용으로 리모델링한 14평의 커다란 원룸이었다.

　사진에서는 보이지 않던 노출 천장과 레일 조명도 눈에 띄었다. 벽돌색과 회색으로 칠해진 벽과 파란색 문. 색 조합이 독특했다. 이국적인 느낌이 드는 개성 넘치는 공간이었다.

　오랜만에 심장이 반응하는 소리가 들렸다. 창문 밖을 바라보니 아직은 헐벗은 나무들이 보였다. 언덕에 잔디가 차오르고, 나무에 파릇한 잎이 돋으면 꽤 볼만할 것 같았다. 누군가 그랬다. 내가 살 곳은 만나면 느낌이 온다고. 정말 그럴까 싶었는데 별로 기대하지 않고 온 곳에서 느낌이 왔다.

겨울 · 관계로부터 독립

2020년 3월. 나는 생각보다 빠르게 내가 사랑할 만한 공간을 찾았다.

3

변화의 파도 앞에서

새 공간을 찾아 계약한 날, 나는 다시 한 번 무너져내렸다. 이별하고 4개월이 지나서야 우리 사이가 진짜 끝이 났다는 것을, 다시 돌아갈 수 없다는 것을 깨달았다. 그제야 침대 머리맡에 둔 사진을 버렸다. 모든 것을 체념하고, 나는 혼자서 두 번째 이별을 겪었다.

좀 나아지려나 싶었는데 이내 다시 슬픔의 늪에 빠져 허우적거렸다. 힘들 때 전화를 걸어 이야기를 털어놓던 상대가 사라지자 어쩔 줄 몰랐다. 전에는 어떻게 했더라. 도움이 필요해 친구들에게 SOS를 쳤다. 친한 친구에게 기대어 울었다. 막상 만나면 시시콜콜한 농담을 주고받으며 웃고 놀았다. 그러다가도 혼자 있는 밤이면 또 늪으로 빠져들었다.

어느 날 불안해졌다. 나를 어르고 달래다가 친구들마저 지쳐버리는 건 아닐까. 약해지고 작아진 나는 친구들의 눈치를 보았다. 힘든 얘기만 해서 미안하다고 사과하는데 친구 하빈이 말했다.

- 혜윤. 긍정적인 모습을 보이려고 너무 애쓰지 마. 지금은 힘든 게 당연해. 나한테 피해 주는 게 아닐까 고민하지 마. 그런 생각 안 해도 돼.

자존감이 떨어져 괴로워하던 나에게 친구 수민이 말했다.

- 언니는 보석이야. 고개 숙이지 마. 언니는 지금도 빛나.

나와 인생의 굴곡이 비슷해 더 마음이 가는 친구 저녁이는 애써 참고 있던 감정을 표출하도록 길을 놓아주었다. 아, 나에겐 친구들이 있었다. 나를 응원하고 위로해주는 친구들. 마음이 물렁해진 나는 작은 위로에도 울컥했다. 그때마다 기운을 내자고 스스로를 토닥였다.

- 잊지 말자. 나에겐 내가 있어.

2017년 나의 첫 책 『퇴사는 여행』에 썼던 문장을 되새겼다. 내 옆에 '내'가 있어주기로 했다. 생각보다 마음의 상처가 깊다는 사실을 느꼈다. 이대로 두면 미래의 나에게 좋지 않을 것 같았다. 다행히 나는 치유의 열망이 강한 사람이었다. 회복하기 위해 스스로를 챙겼다. 내가 할 수 있는 일을 찾았다.

처음으로 심리 상담을 받았다. 신기했다. 상담 내내 거의 나만 떠든 것 같은데 그 과정에서 생각이 정리됐다. 시종일관 경청해주신 선생님은 적재적소에 필요한 질문을 던지며 나를 자연스럽게 안내했다.

– 여러 감정이 있음을 인정하세요. 마음의 그릇에 자리를 비워두면 다른 감정이 채워질 공간이 생긴답니다.

선생님은 내 안에 여러 감정이 존재한다는 사실을 알아차리게 도와주셨다. 원망과 슬픔 뒤에는 고마움, 미안함, 아쉬움, 걱정, 안타까움이 숨어 있었다. 양 극단에 갈라진 감정들이 한데 뒤섞여 존재하고 있었다. 감정에 복받쳐 이야기를 꺼내던 나는 이야기가 진행될수록 점점 차분해졌다.

내 안에 슬픔과 괴로움만 있는 게 아니라는 사실을 깨닫자 마음이 편안해졌다. 어두운 감정에 매몰되어 있던 나는 한 걸음 떨어져 스스로를 바라보게 되었다. 내 마음의 그릇에 가득 찬 여러 감정을 바라볼 수 있었다.

이미 벌어진 일은 되돌릴 수 없다. 변화를 받아들이기로 했다. 그와 나의 인연은 여기까지임을 인정했다. 나는 그를 놓아주기로 했다. 아름답고 좋았던 기억을 마음에 품고, 다른 감정에 자리를 내어주었다.

내가 힘들 때마다 옆에서 중심을 잡아주던 친구 수진의 집에서 빌려온 책이 있었다. 오프라 윈프리의 『내가 확실히 아는 것들』. 취향을 공유하는 친구 케이트에게 이 책을 선물했었는데 어느 날 케이트가 책의 한 페이지를 찍어 보내줬다. 내가 무너져 내리던 시점에, 꼭 필요했던 순간이었다.

> 진창에서 허덕일 것인가 꽃처럼 활짝 피어날 것인가는
> 언제나 당신 손에 달려 있다. 당신의 삶에 가장 큰 영향을
> 끼치는 단 하나의 존재는 바로 당신 자신이기 때문이다.
> 자리에서 일어나 밖으로 나가, 온전하게 살겠다는
> 선택을 하자. 그렇게 당신의 여행은 시작된다.
>
> – 오프라 윈프리 『내가 확실히 아는 것들』

이 문장을 읽고 또 읽었다. 힘들 때마다 다시 읽었다. 인생의 무게가 유난히 무거웠던 나에게 이 문장은 한 줄기 구원이었다. 살다보면 가끔 변화라는 거대한 파도가 친다. 인간이란

작디작은 존재여서 파도를 멈출 힘이 없다. 이때 바꿀 수 있는 건 오직 하나다. 나의 자세.

인생의 파도 앞에서 호흡을 최대한 가다듬고 내가 취할 태도를 선택한다. 나는 원망하고 미워하는 마음보다 사랑하는 마음을, 고통보다는 행복을 선택하기로 했다. 뒤를 돌아보기보다 흐름에 몸을 맡긴 채 앞을 보기로 했다. 그러다보면 어느새 괜찮아질 것이다. 그렇게 믿기로 했다.

새로운 나의 공간에 입주하던 날, 아직은 소파와 아끼는 턴테이블만 덩그러니 있는 텅 빈 공간에서 마음 놓고 소리 내어 펑펑 울었다. 혼자이기에 누가 들을까 걱정할 필요도 없었다. 수민이 울고 싶을 때 들으라며 권해준 '어떤 날'의 〈너무 아쉬워하지 마〉를 틀어놓고서. 전진희의 〈놓아주자〉와 '장기하와 얼굴들'의 〈별거 아니라고〉를 들으며. 나는 목 놓아 울었다.

- 너무 아쉬워하지 마. 우리의 지친 마음으로 그 전부를
  붙잡을 순 없잖아.
- 우리라는 단어 안에 묶여 있던 죄책감들을. 놓아주자.
  놓아주자. 이젠. 이젠.
- 아름다웠던 사람아. 그리운 나의 계절아. 한 번 더 내게
  말해줄래. 알고 보면 다 별거 아니라고.

이미 알고 있던 가사가 다르게 들렸다. 노랫말이 마음에 쏙 들어와 굳건히 지키고 있던 방어막을 무너뜨렸다. 노래를 들으며 아쉬워하지 말자고, 이젠 놓아주자고, 알고 보면 별거 아니라고 되뇌었다. 그렇게 소리 내어 울었다.

30분 정도 마음껏 울고 나니 조금 홀가분해졌다. 그날 이후, 눈물을 찔끔거린 적은 있지만 터트리듯 울지는 않았다. 새로운 공간에 들어선 그날, 나는 힘든 감정으로 가득 찬 그릇을 비울 수 있었다. 자세를 재정비하고, 자꾸만 과거로 향하던 시선을 지금의 내게로 돌렸다.

이제 나는 뒤를 돌아보느라 옆에 있는 것들을 놓치고 싶지 않다. 될 대로 되라고 인생을 방치하고 싶지도 않다. 내 인생이니까. 나에게 일어난 내 이야기니까.

극도로 행복했던 순간과 슬펐던 순간에 함께한 사람이 있었다. 우리는 조금 울었고 아주 많이 웃었다. 사랑했고 이별했다. 서로의 자리가 비어 있음이 쓰라리지만 아름다운 시간이었다. 끝이라는 현실보다 그 시간이 존재했음이 중요하다. 어차피 우리는 언젠가 모두 이별할 운명인걸.

인생의 모든 순간을 함께하는 사람은 없다. 누구도 예외가 없다. 나를 아무리 사랑하는 사람이어도 나의 모든 시간을 같이할 수는 없다.

내 인생의 모든 순간을 알고 있는 사람은 단 하나, 나 자신이다.

봄, 집으로부터 독립

4

나만의 방 - 공간에도 인연이 있을까

- 공간도 맞는 사람이 있는 것 같아. 자기가 이 공간 볼
때부터 '이 사람 계약하겠네' 촉이 왔다니까.

계약서에 도장을 찍던 날, 공인중개사가 말했다. 이 일을
몇 년째 하다보니 집도 합이 맞는 사람이 있다는 사실을 알
았단다. 그분의 말에 따르면 이 집은 통 인기가 없었단다. 벽
색깔도 특이하고, 2인 이상은 투룸 이상을 선호해서 공인중
개사들이 피하는 집이었다는 것. 그러던 중 내가 나타났고
'이 공간에는 이 사람이 살겠네' 직감으로 알았다는 것이다.

사람에게도 인연이 있듯이 공간에도 인연이 있는 걸까. 누
군가에겐 아쉬운 점이 나에겐 매력으로 다가왔다. 노출 천장,

넓은 원룸, 창문 밖으로 한강 대신 나무가 보이는 것. 벽 색깔도 볼수록 매력적이었다. 첫 만남부터 나와 잘 맞을 것 같은 예감에 또 만나고 싶은 사람처럼, 나와 잘 어울려서 다음이 기대되는 공간이었다.

공간에는 사람의 행동을 바꾸는 힘이 있다. 요가원에 가면 작은 소리로 말하고 몸과 호흡에 집중하게 된다. 카페에 가면 노트북을 열어 작업에 집중하고, 호프집에 가면 와자지껄한 분위기에 취해 텐션이 한 옥타브 높아진다. 어디에 있느냐에 따라 행동도 생각도 달라진다. 공간이 곧 경험을 만드는 것이다.

공간에는 어떤 기운이 있다. 절에 가면 평화로운 기운이 느껴지고, 아픔이 있는 공간에 가면 마음을 숙연하게 만드는 묵직한 기운이 느껴진다. 이렇듯 공간에 에너지가 있다면 나와 주파수가 일치하는 공간이 있지 않을까?

버지니아 울프는 『자기만의 방』에서 "여성은 자기만의 재산과 방해받지 않고 창작할 수 있는 '자기만의 방'이 있어야 한다"고 말했다. 나 역시 홀로 자립하기 위해서 온전히 나로 살 수 있는 공간, '방해받지 않고 창작할 수 있는' 나만의 방이 필요했다.

집은 우리가 가장 많은 시간을 보내는 곳이다. 언젠가 계약이 끝나면 떠나더라도, 지내는 동안만큼은 어떻게 보살피

나만의 방 - 공간에도 인연이 있을까

39

는가에 따라 달라지는 게 집이다. 집에서 머무는 시간을 잘 보내기 위해 조금만 신경 써도 일상의 소소한 행복이 몇 배나 늘어난다. 애정 어린 손길로 어루만지는 공간은 공기부터 다르다.

집은 '매일'이 펼쳐지는 곳이다. 대충 잠만 자는 곳이 아니라 영감을 주는 곳, 어디를 보아도 '나'라는 사람을 대변하는 곳으로 만들고 싶었다. 창조적 사유가 자유롭게 떠다니고, 나를 움직이게 만드는 공간. 카페를 찾아가지 않아도 이것저것 해보고 싶은 '최적화된 작업실'이자 편안하게 쉴 수 있는 '나를 위한 집'으로 가꾸고 싶었다. 일상의 배경이 되는 집이라는 공간을 주체적으로 만드는 것, 그것이 내가 생각하는 진짜 독립이었다.

계약을 마치자마자 공간의 이름을 지었다. 내 별명인 '융'과 '아지트'를 합쳐서 '융지트'라고 이름 붙였다. 내가 집의 이름을 불러준 순간, 융지트는 생명을 얻었다. 아껴주고 싶은 애정이 샘솟았고 공간과 교감하는 기분이 들었다. 입에 찰싹 붙는 이름 때문일까. 주변에서도 융지트를 기억하고 불러주기 시작했다.

공간에 이름을 붙여보길 바란다. 집에 이름이 생기면 알게 모르게 더 신경 쓰게 되고, 공간은 생명력을 지닌 채 진화한다. 그래서일까. 아직 입주하지 않았는데도 잠시 융지트에 들르면 마음이 차분하고 평안해졌다. 공간과 나의 에너지가 합이 맞는 기분. 아직은 비어 있는 융지트에게 인사를 건넸다.

– 융지트 안녕. 너를 나를 위한 집이자 작업실로 만들려고 해. 천천히 나답게 가꿀게. 많이 아껴줄게. 최고로 멋진 너의 모습을 찾아줄게. 겨울이 가고 봄이 온 것처럼 좋은 일이 생길 것 같아. 앞으로 잘 부탁해.

융지트에 들어가는 날까지 내가 원하는 공간 이미지를 찾느라 여념이 없었다. 인테리어 이미지를 검색하기 좋은 '핀터레스트'와 집 꾸미기 서비스 '오늘의 집'을 참고하며 이미지를 수집했다. 나는 현대적인 분위기보다 조금은 빈티지하고 자유로운 느낌이 좋았다. 먼지 하나 없이 깨끗한 집보다 조금 어질러져 있어도 사람 냄새가 나는, 주인의 취향이 느껴지는 집이 좋았다.

처음부터 융지트를 완벽하게 채우겠다는 계획은 하지 않았다. 가구 하나, 소품 하나도 내 마음에 쏙 드는 것으로 차근차근 들일 생각이었다. 소품 하나하나는 천천히 구하되, 가구처럼 큼직한 것들은 재빨리 구입해 융지트를 채워나갔다. 융지트가 비어 있는 캔버스라면, 나는 자기만의 색깔로 입체적인 공간을 물들이는 그림쟁이였다.

봄 . 집으로부터 독립

가구를 들여놓기 위해 융지트를 찬찬히 살피는 일도 흥미로웠다. 따로 도면을 받지 않아서 줄자로 직접 크기를 재서 도면을 그렸다. 아이패드로 비율에 맞게 가구를 그려 넣고, 도면을 기준으로 이리저리 옮기기를 반복하며 구조를 잡았다. 원룸의 묘미를 살려서 가벽을 두는 대신 가구로 공간을 구분하고, 영역마다 역할을 부여했다. 책상이 있는 곳은 작업실, 침대가 놓인 곳은 휴식 공간, 식탁이 있는 곳은 놀고먹는 곳이었다. 융지트에 들어오자마자 보이는 벽에는 초등학교 때부터 치던 파란 피아노를 놓았다.

드디어 가구가 들어오는 날. 나는 움직이는 동선에 최적화된 형태로 가구를 배치했다. 제각기 역할을 부여한 구역은 하루하루 천천히 꾸몄다. 창밖을 보며 글 쓰는 걸 좋아해서 책상은 창문 옆에 두었다. 러그를 깔면 자연스럽게 섹션이 구분된다. 자기 전에 책 읽는 걸 좋아해서 책장은 침대 가까이 두었다. 침대 옆에는 사다리 선반을 배치하고 빈티지 램프를 올렸다. 램프의 노란 불을 켜고 침대에 누워 책을 읽다가 램프를 끄면 바로 잠자리에 들 수 있는 전략적인 배치였다. 옷가지와 물건을 분류해서 서랍마다 자리를 정해주었다. 요가복 서랍, 속옷 서랍, 바지를 걸어놓는 옷장……. 공간마다 목적이 생기고, 자리마다 소품을 정리하자 질서가 잡혔다.

집에는 그곳에 사는 사람의 스토리텔링이 담긴다. 그래

서일까. 가구와 소품이 마치 처음부터 이 집에 있었던 것처럼 어울렸다. 나의 이야기가 담겨 있는 물건들이 융지트에 들어와 비로소 빛을 발했다. 오래전부터 수집했던 필름 카메라도, 턴테이블과 LP도, 화가 친구가 그린 그림도, 5년 전에 직접 만든 도자기도 공간에 쏙 들어맞았다. 형형색색의 가구와 물건들이 '정혜윤의 취향'이라는 단 하나의 공통점으로 묶여 자연스럽게 어우러졌다. 어디를 둘러보아도 융지트는 내가 누구인지를 말해주고 있었다.

융지트를 채우면서 깨달았다. 나는 구조를 잡고, 분류하고, 정리하는 것에 소질이 있었다. 집을 가꾸는 일은 마케팅을 하거나 글을 쓰는 것과 비슷하다. 공간의 주인이 직접 맥락에 맞게 묶고 배치하고 어우러지게 만드는 일. 색깔이나 가구로 적절히 포인트를 주는 일. 그리하여 공간에 영혼을 불어넣는 일.

나의 독립을 축하해준 친구들이 융지트를 완성했다. 누구보다도 나를 잘 알아서일까. 집들이를 온 친구들은 융지트에 어울리는 물건을 손수 골라 선물해주었다. 노란색 의자, 빈티지 저울, 민들레 씨 모양의 문진, 파란색 컵 세트, 바우하우스 색깔의 양초, 세상에 스무 개뿐인 미술가의 한정판 그림, 빈티지 찻잔…… 나를 향한 소중한 마음을 나눠준 친구들. 내가 좋아하는 물건을 고른답시고 얼마나 시간을 들였을까.

이렇듯 융지트는 내가 혼자 사는 집이지만 나를 아껴주는 사람들의 사랑이 곳곳에 담겨 있다. 독립을 응원하는 마음 덕분에 빠르게 기운을 되찾을 수 있었다. 그 고마운 마음을 담아 인스타그램에 #융지트 해시태그를 걸어 꾸미는 과정을 공유했다. '오늘의집'과 개인 블로그에 융지트를 소개하는 온라인 집들이를 하며 외부에도 조금씩 알려지기 시작했다.

— 얘가 융지트 주인이야.
— 얘가 그 아이야. 파란 피아노 있는 집 주인.

어느 순간 나는 '융지트'에 묶여 소개되고 있었다. 융지트가 브랜드가 된 것이다. 평소 좋아하던 브랜드와 매거진에서 인터뷰 및 협업 요청이 들어왔다. 좋아하는 뮤지션들이 융지트에서 라이브 콘텐츠를 찍었다. 사람들이 나를 '마케터'라고 소개하기 전에 '융지트 주인'이라고 먼저 소개할 때는 웃음이 났다.

독립을 위해 만든 공간이 '독립된' 공간으로 알려지다니. 그 공간이 나에게 새로운 기회와 에너지를 가져다주다니. 참 재밌는 세상이다. 내일은 어떤 일상이 펼쳐질까. 어떤 문을 열게 될까. 다시 하루가 기대되기 시작했다.

5

독립적 취향 찾기

나는 좋아하는 게 많다. 하는 일로 나를 소개할 때도 있지만,
좋아하는 것들로 나를 소개할 때도 있다. 가령 이런 식이다.

- 아날로그한 취향을 가진 마케터. 음악, 우주, 여행,
  오래된 것들을 좋아합니다.

내가 좋아하는 것을 같이 좋아해주는 사람 덕분에 내 취
향의 세계는 옆으로 확장되고 안으로 깊어졌다. 취향 중에서
도 음악은 그와 나를 설명하는 데 빠질 수 없는 부분이었다.
문제는 이별 뒤였다. 음악이라는 거대한 취향의 세계를 나와
가장 가까운 곳에서, 오랫동안 함께 즐겼던 사람이 사라지

자 '좋아하는' 당연한 마음이 흔들렸다. 이 노래를 들으면 이 기억이 떠오르고, 저 노래를 들으면 저 기억이 떠오르고……. 내가 즐겨 듣던 음악을 피하게 되었다.

어느 날, 선우 언니가 록 밴드 '오아시스'의 보컬이었던 리암 갤러거의 다큐멘터리 영화를 보러 가자고 했다. 아니나 다를까. '오아시스'에 얽혀 있는 기억이 한두 가지가 아니었다. 그와 내가 함께 열광했던 밴드였는데 괜찮을까. 다른 일을 핑계로 약속을 취소할까. 좋아하는 음악 앞에서 나는 겁먹은 아이처럼 망설였다.

그리고 알았다. 자기가 좋아하는 것을 좋아하는 일에는 용기가 필요하다는 사실을. 좋아하는 것을 좋아한다고 말하는 데에도, 계속 좋아하는 데에도 용기가 필요했다. 그렇다고 또 다른 상실감을 느끼고 싶지 않았다. 좋아하는 것을 포기하고 싶지 않았다. 따지고 보면 나는 그를 알기 전부터 '오아시스'를 좋아하지 않았던가. 설령 그와의 만남으로 인해 더 좋아하게 된 부분이 있다 해도 그 기억을 남겨두는 예쁜 마음을 갖고 싶었다.

무엇보다 지금 도망치면 내내 피해 다녀야 한다. 언젠가는 정면으로 맞닥뜨릴 문제다. 내가 좋아하는 마음을 과거의 기억과 분리시켜야 했다. 기억을 탓하지 않기로 했다. 농담처럼 가볍게 넘기기로 했다. 너무 무겁게 생각하지 않기로 했다.

『퇴사는 여행』을 쓰며 나는 인생의 키워드를 공감, 다양성, 용기로 꼽았다. 세 가지 기준은 여전히 내 인생의 나침반이다. 용기를 내기로 했다. 용기를 내면 문제가 단순해진다. 언니에게 영화를 보러 가자고 답했다. 툭 건드리기만 해도 눈물이 날 것 같던 때에 극장에 간 나는 예상과 달리 잘 웃으며 영화를 보았다. 심지어 커다란 힌트까지 얻었다.

리암의 삶은 가파른 롤러코스터를 연상시킨다. 세계에서 가장 사랑받는 밴드 중 하나였지만, 작곡가이자 형인 노엘 갤러거와의 불화로 밴드는 해체되었다. 사생활 논란 끝에 이혼을 겪었고, 다른 멤버들과 '버드아이'를 결성했지만 오아시스에 미치지 못했다. 그야말로 정점을 찍고 내내 추락하는 인생이었다.

그런데 영화는 세간에 알려져 있는 이야기를 넘어 내가 알지 못했던 리암의 모습을 담고 있었다. 사랑하는 사람이 생겨 기운을 찾는 모습, 가족을 챙기는 모습, 솔로 앨범을 내고 다시 전성기를 찾은 모습.

매일 술을 마시며 사고를 치던 슈퍼스타 악동은 젊은 날의 재치를 간직한 채 꿈과 책임감을 지닌 어른이 되어 있었다. 상처 받은 못난 자신을 직면하고 다시 씩씩하게 일어나 세상을 마주한 전사로 성장했다. 갖가지 굴곡을 겪고 평정심을 되찾은 리암이 당당한 목소리로 말했다.

- 지금 행복하니까 상관없어.

고개를 끄덕였다. 내가 행복하면 그만인 일이었다. 행복을 찾기 위해 내가 좋아하는 순간들로 일상을 채우고 싶었다. 영화를 보고 집으로 돌아오며, 타인에게 의존하지 않는 나만의 독립적인 취향이란 무엇일까를 생각하고 또 생각했다. 지금의 나는 아직 불안하게 흔들리고 있지만 좋아하는 마음을 먼저 놓지는 말자고 다짐했다.

몇 주 후, 엄마와 살던 집과 융지트를 오가며 두 집 살림을 하던 나는 내 방에서 융지트로 천천히 내 물건을 옮겨왔다. 가장 먼저 디터 람스의 브라운 턴테이블 SK-61과 LP부터 옮겼다. 지난해 말, 10년 넘게 사용한 아카이 턴테이블이 망가지며 마음먹고 장만한 턴테이블이다.

나의 보물이나 다름없는 LP 컬렉션이 바깥으로 드러나는 순간이었다. LP 디깅은 10년 전 할머니 댁 베란다에서 엄마의 LP 꾸러미를 발견하면서 시작되었다. 엄마에게 물려받은 LP 100장을 시작으로 지난 10년간 레코드숍과 벼룩시장을 돌아다니며 모은 LP가 근사한 리스트가 되었다.

무엇보다 나는 음악을 듣는 공간만큼은 나만의 방식으로 색다르게 꾸미고 싶었다. 빈티지 사이드 보드는 예산 부족으로 포기! 대신 마음에 드는 원목 벤치와 수납함을 발견했다.

레트로 느낌의 아카시아나무 벤치에 턴테이블을 올리고, 밑에 LP를 배치했다. 주변은 식물을 두었다. 동생이 집 앞에서 주워 온 라탄 바구니를 칫솔로 깨끗하게 닦아 'now playing' 박스로 활용했다. 어디에서도 볼 수 없는 독특한 느낌이 묻어났다. 턴테이블이 놓여 있는 공간을 바라보기만 해도 마음속에 작은 행복이 피어났다.

파란 피아노에는 고등학생 때 산 노란 꽃병, 좋아하는 화가 르네 마그리트의 예술 세계를 담은 책, 스티키몬스터랩 피겨, 사진가 표기식의 윤슬 사진, 그리고 바우하우스 출신의 크리스티안 델Christian Dell이 조명회사 카이저Kaiser에서 만든 카이저 이델Kaiser Idell 조명을 올렸다. 피아노 옆에는 친구 저녁이가 선물해준 노란 콘솔을 두고, 그 아래에는 〈마녀 배달부 키키〉 LP를 두었다. 책장에는 특별히 아끼는 책들을 한 권 한 권 골라 색깔별로 꽂고, 베어브릭 다프트 펑크 피겨와 폴라로이드로 마무리했다.

집 꾸미기에 속도가 붙을수록 나는 점점 생기가 돌기 시작했다. 융지트에서 보내는 시간이 즐거웠다. 어느 날은 엄마 집에서 CD를 가져와 하나씩 들으며 정리하다가 추억 여행에 빠졌다. S.E.S를 듣다가 라르크 앙 시엘로 넘어가고, 검정치마에 Moby를 연달아 듣고 혼자 신나버렸다. 전주가 흐르자마자 '아아~ 이 노래' 하며 몸이 먼저 반응하는 노래, 주크박

파리는 날마다 축제   어니스트 헤밍웨이 지음
                      주순애 옮김

스처럼 가사가 자동적으로 입 밖으로 튀어나오는 노래…….
한때 내가 열정적으로 사랑했던 노래는 몇 년이 흘러도 잊히
지 않았다. 그래, 나는 이렇게 음악을 좋아하는데 외면하려고
했다니, 어림도 없지. 혼자 몸을 흔들고 노래를 흥얼거리며 십
대 때부터 사서 모은 CD를 가수별, 색깔별로 분류했다.

예전 내 방에서는 선반 아래에 처박혀 있던 크로바 810
빈티지 타자기가 융지트에서는 턴테이블 옆에 자리를 찾았다.
공간이 부족해 박스에 넣어두었던 여러 대의 필름 카메라는
융지트에서 책장과 콘솔 위에 둥지를 틀었다. 2016년에 도자
기를 배우며 빚었던 컵과 그릇은 5년 동안 박스에 갇혀 있다
가 융지트에서 생활 용품으로 변신했다. 덕분에 그릇과 컵을
살 필요가 없었다. 내가 만든 도자기가 공간과 잘 어울렸다.

내 방에 걸려 있던 칼 세이건과 데이비드 보위의 그림을
융지트로 가져온 날은 놀라움 그 자체였다. 정말이지 두 개의
작품은 '융지트를 위해' 그려진 것 같았다. 검은색, 회색, 벽돌
색, 파란색. 네 가지 색으로 한정되어 그려진 두 작품의 색채
감은 융지트의 벽 색깔과 정확히 일치했다. 나는 정말 이곳에
올 운명이었던 걸까.

무엇보다 두 작품은 내 의견이 반영되어 그려진 세상에
하나뿐인 그림들이다. '자발적 백수'로 지내던 2017년에 성수
동의 팝업 카페에서 일을 도운 적이 있다. 그때 함께 일했던

독
립
적

취
향

찾
기

화가 중민이 '영감을 주는 인물' 시리즈를 작업하며 나에게 그런 인물은 누구인지 물어보았다. 나는 내가 사랑하는 천문학자 칼 세이건과 뮤지션 데이비드 보위를 말했고, 중민이 두 인물을 그려주었다. 1년 뒤, 내가 나에게 주는 생일 선물로 두 작품을 구매했다. 융지트가 나의 물건으로 채워질 때마다 친구들을 하나둘씩 초대했다. 친구들은 말했다.

– 너를 공간으로 옮기면 이 모습이겠네.

나다운 공간이라는 말. 가장 듣기 좋은 말이었다.

'누군가의 연인'이라는, 나의 정체성을 이룬 커다란 기둥이 무너졌지만 내 색깔을 더 확고하게 해주는 작은 기둥을 다시 세웠다. LP를 모으는 나, 음악을 좋아하는 나, 책을 좋아하는 나, 도자기를 만들었던 나, 피아노 치는 나, 필름 카메라를 모으는 나……

융지트로 들어오며 새로운 취미가 늘었다. 칵테일 키트를 주문해 집에서 진과 라임 주스를 넣은 김렛과 이탈리아 식전주로 유명한 아페롤 스프리츠, 체리를 띄운 스위트 마티니를 만들어 먹는다. 네 개의 식물로 시작한 가드닝gardening은 40가지가 넘는 식물로 자라났다. 나를 위한 꽃을 사고, 매일 아침을 먹는다. 여러 개의 작은 기둥들이 커다란 하나의 기둥보

다 견고할 수 있음을 시간이 흐를수록 느끼고 있다.

　사랑하는 이와의 이별을 극복하는 과정은 힘들었다. 하지만 힘든 시기에도 작고 소중한 존재들이 고요하게 나를 지키고 있었다. 나를 걱정하는 가족과 친구들, 걷고 뛸 수 있는 건강한 몸, 계절을 알리는 연보라색 라일락, 포근한 침대와 이불, 그리고 나의 공간.

　융지트를 나서면 한강 산책로가 이어져 있어서 자전거를 타거나 바람을 쐬기에 좋다. 길가의 고양이들이 귀여운 모습으로 나를 반기고, 맑은 날이면 한강에 윤슬이 반짝거린다. 집밖으로 나와 일렁이는 한강을 보노라면 아무것도 불평할 수 없다.

　잿빛 세상이 연둣빛으로 변하고, 야윈 가지에 벚꽃이 피어날 무렵 나는 움츠렸던 어깨를 펼 수 있었다. 융지트에서 음악을 듣고, 내게 의미 있는 그림을 타투로 새기고, 이것저것 배우고, 글을 쓰고, 좋은 친구들과 좋은 기억을 쌓았다. 리암이 다시 일어났듯 나도 내 방식대로 세상과 다시 마주했다.

　가구와 소품을 공간에 주체적으로 배치하는 것은 머릿속에만 존재하던 그림을 현실로 옮기는 창조적인 일이다. 나를 위한 예술가가 되어 빈 공간을 좋아하는 곳으로 탈바꿈시키는 과정은 나를 찾고 채우는 작업이자 마음을 치유하는 일이다. 융지트에 나의 물건을 옮겨오며 취향과 정체성은 더 선

명해졌다. 공간을 꾸미는 일은 자신이 누구인지를 확인해주는 일이다.

이제 나는 더 이상 뒤돌아보지 않는다. 설레는 눈빛으로 앞을 똑바로 쳐다보며 걷는다. 그리고 확신을 가지고 내가 좋아하는 것들로 나를 소개한다.

- 안녕하세요, 음악, 우주, 여행, 오래된 것들을 좋아하는
  정혜윤입니다.

6

요가를 하며 생각한 것들

비교적 오랫동안 다니던 필라테스 학원을 그만두었다. 회사 앞에 있어서 퇴근 후 편하게 이용했는데, 회사가 이사를 가는 바람에 더 이상 갈 수 없었다. 때마침 엄마와 살던 집 앞에 식물로 둘러싸인 요가원이 문을 열었고 융지트로 들어온 지금까지 다니고 있다. 어느덧 3년이 흘렀다.

이 요가원에는 거울이 없다. 이유가 궁금해 선생님에게 물었더니 "요가는 내면의 운동이기도 해서 겉모습에 신경 쓰기보다 자기 자신에게 중심을 두고 요가를 할 수 있게 거울을 없앴다"는 답이 돌아왔다. 서울에서 거울이 없는 요가원은 처음이었다.

지금까지 다양한 요가원을 다녔다. 강남역 근처 회사에서 일하던 때 점심시간에 수련하던 요가원은 언제나 스무 명 이상이 함께 수업을 들었다. 여성 전용 요가원으로 딱 달라붙는 요가복을 입은 또래가 많았다.

지금 다니는 요가원은 최대 정원이 여덟 명으로 철저히 소규모 수업으로 이루어진다. 발리에서 가본 요가원은 수련생의 체형과 나이가 다양해서 좋았는데 이곳이 그렇다. 아이부터 할아버지, 할머니까지 그야말로 다양하다. 동네 사람들이 터벅터벅 걸어서 요가를 접할 수 있는 곳. 모두에게 부담스럽지 않고 편안한 공간이어서 마음에 든다.

무엇보다 창밖으로 초록색 식물이 보인다. 새소리를 들으며 녹음이 우거진 숲을 바라보며 수련했던 발리에서처럼 식물을 바라보며 요가를 할 수 있다는 점이 마음에 든다. 가끔 식물 사이로 검은색 점박이 고양이가 지나간다. 고양이가 등장할 때면 마치 잔잔한 영화 속 한 장면에 들어온 듯 특별해진다. 이런 요가원이 집 앞에 있어서 얼마나 다행인지 모른다. 그래서 엄마도 등록시켰다. 올해 가장 잘한 일 중 하나다.

나는 일주일에 두 번씩 아침에 요가원을 찾아 원장님에게 1:1 PT를 받는다. 선생님은 인도를 오가며 20년 이상 수련해온 분으로 늘 명상을 강조하신다. 지난번에는 선생님과 '보름달 명상'을 나누었다. 선생님은 보름달이 뜨면 히말라야 요가를 수행하는 사람들이 지구 어디에 있든지 같은 시간에 한

시간 동안 명상을 한다고 설명하셨다. 나는 그 말을 듣자마자 반사적으로 흥분했다.

– 와~ 유튜브로 같이하는 거예요?

나도 참…… 언택트 시대에 익숙해진 걸까. 선생님은 웃으며 같은 시간에 명상을 하는 것만으로도 정신이 연결된다고 답하셨다. 한국에서는 저녁 9시. 선생님은 이날이 중요한 만큼 몸과 마음을 정성스럽게 준비하면 좋겠다고 말씀하셨다. 적어두고 싶은 말이었다. 어떤 일을 위해 몸과 마음을 정성스럽게 준비하기.

그곳이 어디든지 같은 시간에 정성스럽게 몸과 마음을 준비한 사람들이 함께하는 것. 선생님은 그런 사람들이 지구 곳곳에 있다는 사실이 아름답다고 하셨다. 아름다운 이야기에 나 역시 기분이 좋아졌다.

저녁 9시, 요가원에 들러 보름달 명상에 참여했다. 선생님의 주문에 맞춰 숨을 들이쉬며 "소", 내뱉으며 "함"이라는 소리를 속으로 생각했다. 소함. I am that. '나는 우주와 같다'는 만트라였다.

가부좌로 앉아 눈을 감고 있는 나의 머릿속에 신기한 장면이 펼쳐졌다. 내 옆에, 앞에, 뒤에 같은 자세로 앉아 명상하는 사람들이 '복붙'한 것처럼 넓게 펼쳐졌다. 1-2초 정도의 짧은 순간이었지만 처음 겪어본 신기한 경험이었다.

꼭 물리적으로 몸을 이동해야 새로운 세계를 탐험할 수 있는 것은 아니다. 좋아하는 세계에 빠져 있는 사람들을 통해서도, 좋아하는 책이나 영화, 음악을 통해서도 우리는 작은 여행을 떠날 수 있다. 내가 알아가고 싶은 세계에서 잘하지 못했던 일이 점점 할 수 있는 일이 되고, 그 과정에서 내가 몰랐던 내 모습을 발견한다. 누군가를 통해 세계를 넓혀가는 경험이 즐겁다.

요가를 마치고 융지트로 천천히 걸어가는데 유난히 기분이 좋았다. 마음에 작은 평화가 깃든 기분이었다. 하늘에는 밝고 선명한 보름달이 떠 있었다. 오늘은 분명 새로운 날이었다. 아니, 앞으로 맞이할 매일 매분 매초가 오롯이 처음 맞이하는 순간일 것이다.

융지트로 들어온 후부터 사람들이 내게 자주 하는 말이 있다. 요즘 정말 좋아 보인다고, 싱싱한 에너지가 느껴진다고. 그 말을 들을 때마다 나는 작게 미소 짓는다. 불과 몇 달 전의 내 모습을 알고 있으니까.

나도 느낀다. 마음속에 불꽃이 살아났다. 매일 울던 아이였던 내가 믿어지지 않을 만큼 살아 있는 에너지로 채워지고 있다. 몸과 마음에 근육이 붙고 있다.

오늘은 또 어떤 일이 생길까. 오늘도 나는 조금씩 나를 알아간다.

7

융지트의 아침

융지트는 내 동선에 최적화된 시스템으로 이루어졌다. 아침
에 일어나면 일정한 루틴(반복되는 습관)대로 하루를 시작한
다. 나의 아침 루틴은 다음과 같다.

1. 물을 마시고 이불 정리하기(1분)

2. 음악 들으며 글쓰기(5분)

3. 운동하기(5분-60분)

4. 건강한 아침 차려 먹기(5분-10분)

5. 루틴을 완료한 나를 칭찬해주기(5초)

유난히 아침잠이 많은 나였지만, 융지트에서는 따로 알람

설정을 하지 않아도 저절로 눈이 떠진다. 이유는 모르겠다. 커다란 창문으로 해가 잘 들어서일까. 몸이 루틴에 적응한 것일까. 아무튼 아침이 있는 삶을 살게 되었다. 아침 루틴을 좀 더 자세히 살펴보자.

1. 물을 마시고 이불 정리하기

처음부터 아침에 많은 일을 하지는 않았다. 물 한 컵 마시기와 이불 정리. 1분도 걸리지 않는 이 간단한 일로 시작했다.

각각의 영역에서 최정상에 오른 거인들을 인터뷰한 팀 페리스의 『타이탄의 도구들』을 읽으며 놀라운 부분이 있었다. 세계를 움직이는 사람들이 공통적으로 이야기하는 것이 '이불 정리'였기 때문이다. '세상에서 가장 지혜롭고, 가장 부유하고, 가장 건강한 사람'들이 강조하는 것이 고작 이불 정리라니! 긴가민가하면서도 융지트에 와서 매일 이불을 정리했는데 웬걸, 지금은 나도 이불 정리 예찬론자가 되었다.

아무리 바쁜 날이더라도 일어나면 꼭 이불부터 정리한다. 몇십 초 만에 작은 뿌듯함과 성취감을 획득하고 하루를 시작한다. 작은 성취감은 다른 루틴으로 이어지는 촉진제가 된다. 보기에도 좋고, 침대를 '정리'하는 것이라 정돈된 기분으로

융지트의 아침

79

하루를 시작할 수 있다. 저녁에 집으로 돌아오면 깔끔하게 정리된 침대에 누워 하루를 기분 좋게 마무리할 수 있다.

일상에 루틴을 도입하고 싶다면 물 한 잔 마시기와 이불 정리부터 시작해보길 바란다. 오래 걸리지 않고, 꾸준히 할 수 있다. 아침 루틴은 하나하나, 한 번 한 번이 습관화되면 이내 자리 잡는다. 자신의 기호대로 하나씩 늘려가면 된다.

2. 음악 들으며 글쓰기

유튜브 프리미엄을 구독하며 사은품으로 받은 '구글 홈 미니'를 잘 쓰고 있다. 아침에 일어나 물을 한 잔 마시고 "오케이 구글, 좋은 아침"이라고 말하면 구글이 말을 건넨다.

- 안녕하세요, 혜윤 애술리님. 좋은 아침이에요. 현재
  시간은 어떻고, 날씨는 이래요. 오늘의 일정은 이런 게
  있어요. 멋진 하루 보내세요.

구글 홈은 시간, 날씨, 일정을 알려주고 내가 설정해둔 음악을 틀어준다. 그 음악을 들으며 이불을 정리한다.

매일 아침 같은 노래로 하루를 연다. 〈마녀 배달부 키키〉

OST인 〈바다가 보이는 마을〉. 신비롭고 아름다운 지브리의 작품을 돋보이게 하는 히사이시 조의 음악을 사랑한다. 그의 음악은 아무리 들어도 질리지 않는다. 들으면 들을수록 기분이 좋아진다.

그중에서도 〈바다가 보이는 마을〉을 들으면 정말 창문 밖으로 푸르게 반짝이는 바다가 보일 것만 같다. 맑은 하늘에 뭉게구름 사이로 빗자루를 타고 날아다니는 기분. 그 기분을 만끽하며 창문 블라인드를 걷는다. 융지트 밖 나무들이 살랑거리는 모습을 보면 단숨에 기분이 좋아진다.

다시 침대로 돌아와 정리된 이불에 엎드려 침대 옆에 둔 노트와 연필을 꺼내어 글을 쓴다. 어떤 날은 생각나는 대로 막 쓰고, 어떤 날은 필요한 글을 쓴다. 그 글들이 모여 내가 필요할 때 꺼내어 쓸 수 있는 든든한 재료가 된다. 완벽한 글을 쓰지는 못해도 몇 개의 문장은 건진다. 그 몇 개의 문장이 한 편의 글로, 한 권의 책으로 발전된다.

3. 운동하기

글을 쓰고 나면 운동을 한다. 요가원에 가는 날에는 요가복으로 갈아입고 매트를 들고 밖으로 나선다. 요가원에 가지

않는 날에는 바닥에 요가 매트를 펴고 5분에서 20분 동안 '수리야 나마스카라(태양 경배 자세)'를 3회 반복한다. 그리고 요가 매트에 누워 다리를 올렸다 내렸다 반복하며 복근 운동을 한다. 어떤 날은 달리기를 한다. 그날그날 일정과 시간에 따라 할 수 있는 운동을 한다.

4. 건강한 아침 차려먹기

운동을 마치고 아침을 먹는다. 아침 식사 역시 그날의 일정에 따라 유동적이다. 바쁜 날에는 그릭요거트에 블루베리, 바나나, 그래놀라를 넣어 먹는다. 여유가 있는 날에는 냉동실에 넣어둔 식빵에 버터를 올려 굽고, 식빵이 노릇노릇 구워지는 동안 토마토와 채소를 썬다. 식빵이 구워지면 올리브유를 둘러 버섯을 굽고 스크램블 에그를 만든다. 요리가 완성되면 내가 만든 도자기에 가지런히 담는다. 믹서에 얼음, 우유, 아보카도, 망고 혹은 바나나를 넣고 돌린다. 예쁜 유리컵에 우유를 담으면 건강하고 맛있는 '융모닝' 완성!

5. 루틴을 완료한 나를 칭찬해주기

어쩌면 가장 중요한 건지도 모른다. 바쁜 아침 출근하는 것도 빠듯한 혹은 늦잠으로 흘려보내기 쉬운 아침에 1단계를 완수하는 것만도 대단하다. 쉬운 일은 쉽게 두는 것이 좋다. 처음부터 어렵고 복잡하게 만들면 의욕이 사라진다. 루틴은 가장 쉬운 것부터 시작해야 한다. 그리고 하나하나 완수할 때마다 자신을 칭찬해주길 바란다. 물 마시기와 이불 정리. 이것만으로도 루틴 완료다.

루틴을 습관으로 만드는 또 하나의 팁은 나에게 최적화된 시스템을 만드는 것이다. 내가 원하는 행동을 쉽게 할 수 있게 도와주는 작은 장치. 가령 잠자리에 들기 전 컵에 물을 담아서 침대 옆에 두는 것, 내가 원하는 음악을 구글 홈에 세팅해두는 것, 아침에 일어나 간단히 요리할 수 있는 재료를 구비해두는 것……. 고민하지 않고서도 행동할 수 있게, 동선과 필요에 맞춰 미리 준비하면 루틴을 수월하게 완수할 수 있다.

아침 루틴은 나와의 약속이다. 아침 루틴을 완수하면 그 약속을 지킨 것이다. 약속을 지켰다는 뿌듯함을 내 몸과 마음은 기가 막히게 안다. 자신을 위한 작은 습관이 하루를 기분 좋게 여는 든든한 에너지가 된다. 그 하루가 모여 일상을 이룬다.

웰컴 투 융지트

안녕하세요. 융지트에 오신 것을 환영합니다. 융지트에 처음 오신
여러분을 위해 천천히 저의 공간을 소개해볼게요.

융지트의 매력은 커다란 창문! 아침에 일어나서 블라인드를 걷는 순간이 행복해요. 멀리 언덕과 건물 주변의 나무들을 보며 계절감을 느낍니다. 융지트 바로 옆에는 도서관이 있는데요, 그 도서관 앞 길에 벚꽃 나무가 가득해서 봄이면 거리에 벚꽃 잎이 날려요. 여름에는 뭉게구름을 뒤로 나무가 살랑이고, 가을에는 단풍과 노을이 두드러져요. 눈이 온 날에는 창밖이 너무 예뻐서 방 안에서 혼자 소리 지르며 방방 뛰었답니다. 융지트는 북서향이라서 해가 질 때쯤 창문으로 빛이 들어와요. 그 빛을 받아 식물들이 제각각의 색으로 영롱하게 빛날 때, 저는 그 모습을 넋을 놓고 쳐다봅니다.

우측에는 부엌이 있어요. 원룸이지만 턱이 있고 아일랜드 식탁이 있어서 나름 분리되어 있는 구조예요. 마음만은 미니멀리스트지만, 저는 어쩔 수 없는 맥시멀리스트라 부엌에도 물건이 많은 편이에요. 서랍 안에 전부 넣어둘 수도 있지만, 제가 만든 도자기와 칵테일 세트, 커피는 자주 쓰고, 보면 기분이 좋아져서 밖으로 드러나게 두었어요.

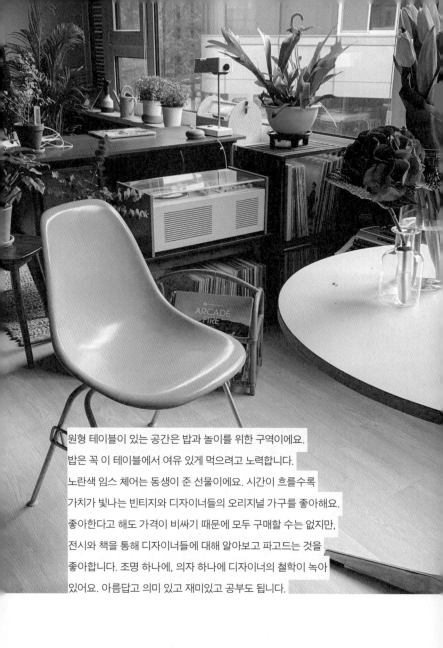

원형 테이블이 있는 공간은 밥과 놀이를 위한 구역이에요.
밥은 꼭 이 테이블에서 여유 있게 먹으려고 노력합니다.
노란색 임스 체어는 동생이 준 선물이에요. 시간이 흐를수록
가치가 빛나는 빈티지와 디자이너들의 오리지널 가구를 좋아해요.
좋아한다고 해도 가격이 비싸기 때문에 모두 구매할 수는 없지만,
전시와 책을 통해 디자이너들에 대해 알아보고 파고드는 것을
좋아합니다. 조명 하나에, 의자 하나에 디자이너의 철학이 녹아
있어요. 아름답고 의미 있고 재미있고 공부도 됩니다.

턴테이블과 LP과 있는 곳은 피아노와 더불어 제가 가장 좋아하는 구역입니다. 디터 람스의 브라운 Braun sk-61 턴테이블은 커버가 투명 아크릴로 제작되어 "백설공주의 관"이라 불리는 시리즈 중 후반부에 제작된 모델이에요. 스피커가 내장되어 있고 엘피는 사이즈별로 재생 가능합니다. 라디오도 들을 수 있어요.

이 턴테이블이 1962년에 만들어졌다는 게 믿기시나요. 디터 람스의 "좋은 디자인을 위한 10계명"을 완벽히 충족시키는 디자인입니다. 만들어진 지 거의 60년이 되어가지만 여전히 유려하고, 너무 예뻐서 보기만 해도 즐거워요. 이 턴테이블로 음악을 틀고 창밖을 보면 혼자 있는 시간도 그렇게 좋더라고요.

레트로한 디자인의 체리색 책상이 있는 곳은 저의 작업실이에요.
책상 앞에 앉으면 창밖으로 나무와 하늘이 보여서 좋아요. 이 앞에서
유튜브 영상도 찍고, 글도 쓰고, 음악도 듣고, 파트너들과의 다양한
일을 진행합니다. 저는 그 어떤 곳보다도 집에서 작업하는 시간이 가장
좋아요. 특히 밤에 노란 불만 켜고 글 쓰는 시간을 애정합니다.

책상 뒤로는 전신 거울이 있는데요, 공간 확보를 위해 비스듬하게 두었어요. 이곳에 몸과 마음의 건강을 위한 소품들을 모아두었어요. 요가 매트, 인센스 스틱, 인바디 체중계와 식물들. 나의 공간을 꾸미는 게 고민이 된다면, 이렇게 작은 구역별로 역할을 지정하고, 그 역할을 도와주는 소품들을 한곳에 모아두길 추천해요.

융지트의 하이라이트인 영창의 파란 피아노. 가끔 저에게 페인트칠을 했는지 묻는 분들이 계신데요, 처음 쓸 때부터 이 색깔이었어요. 엄마에게 물어보니 그냥 예뻐서 구매했다고 하네요. 거의 10년간 방치되어 있었는데, 융지트로 데려오고 최근 1년 사이에만 조율을 세 번이나 했네요. 버벅대면서 쳤던 곡을 이제는 외우다시피 연주할 수 있게 되었어요. 악기 연주는 들이는 시간만큼 실력이 느는 점이 정직해서 마음에 들어요.

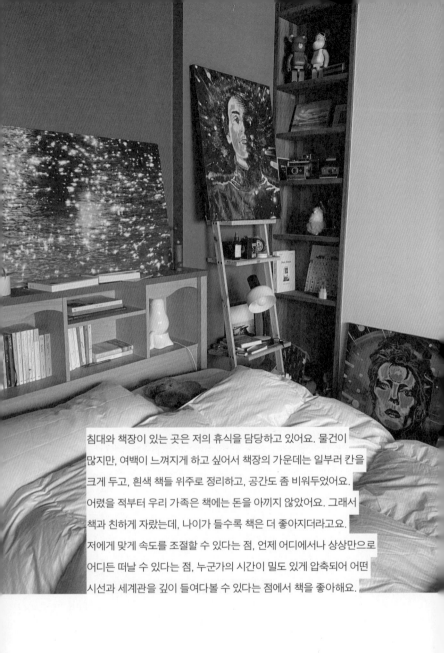

침대와 책장이 있는 곳은 저의 휴식을 담당하고 있어요. 물건이
많지만, 여백이 느껴지게 하고 싶어서 책장의 가운데는 일부러 칸을
크게 두고, 흰색 책들 위주로 정리하고, 공간도 좀 비워두었어요.
어렸을 적부터 우리 가족은 책에는 돈을 아끼지 않았어요. 그래서
책과 친하게 자랐는데, 나이가 들수록 책은 더 좋아지더라고요.
저에게 맞게 속도를 조절할 수 있다는 점, 언제 어디에서나 상상만으로
어디든 떠날 수 있다는 점, 누군가의 시간이 밀도 있게 압축되어 어떤
시선과 세계관을 깊이 들여다볼 수 있다는 점에서 책을 좋아해요.

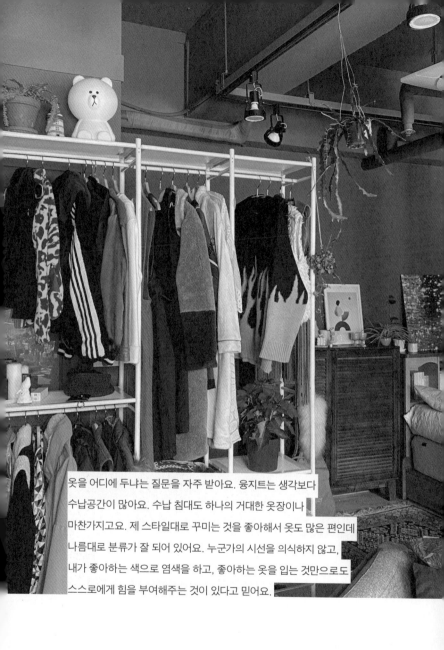

옷을 어디에 두냐는 질문을 자주 받아요. 융지트는 생각보다
수납공간이 많아요. 수납 침대도 하나의 거대한 옷장이나
마찬가지고요. 제 스타일대로 꾸미는 것을 좋아해서 옷도 많은 편인데
나름대로 분류가 잘 되어 있어요. 누군가의 시선을 의식하지 않고,
내가 좋아하는 색으로 염색을 하고, 좋아하는 옷을 입는 것만으로도
스스로에게 힘을 부여해주는 것이 있다고 믿어요.

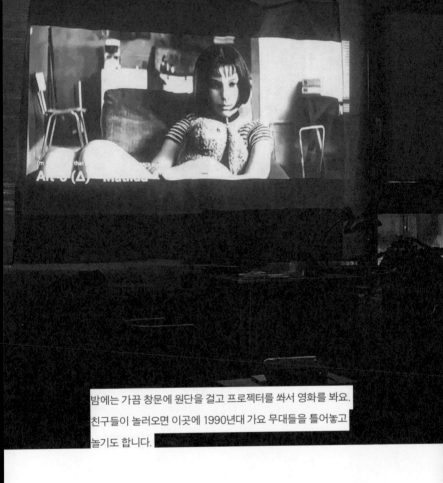

밤에는 가끔 창문에 원단을 걸고 프로젝터를 쏴서 영화를 봐요.
친구들이 놀러오면 이곳에 1990년대 가요 무대들을 틀어놓고
놀기도 합니다.

요즘 저는 제 안에 쌓인 이야기를 밖으로 열심히 빼내는 작업을 하고 있어요. 그 시간을 좀 거치고 나면, 다시 제가 좋아하는 것들에 깊이 빠져보는 시간을 가지는 데 집중하고 싶어요. 2021년 들어 가장 재밌는 건 DJ 슈보스타에게 배우고 있는 디제잉이고요, 시간이 더 생긴다면 해보고 싶은 일은 아크릴 물감으로로 그림 그리기예요. 하고 싶은 일이 너무 많아요.

융지트 바로 앞은 한강 공원으로 이어져서 집 밖으로 나서면 반짝이는 윤슬이 저를 반겨요. 건물을 도는 순간 눈부신 윤슬이 보일 때 순수한 기쁨을 느낍니다. 어느덧 제 사진첩에는 반짝이는 윤슬 사진이 가득하네요.

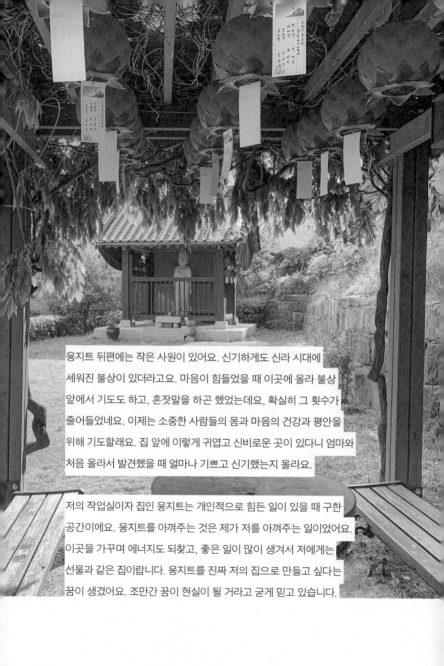

융지트 뒤편에는 작은 사원이 있어요. 신기하게도 신라 시대에 세워진 불상이 있더라고요. 마음이 힘들었을 때 이곳에 올라 불상 앞에서 기도도 하고, 혼잣말을 하곤 했었는데요, 확실히 그 횟수가 줄어들었네요. 이제는 소중한 사람들의 몸과 마음의 건강과 평안을 위해 기도할래요. 집 앞에 이렇게 귀엽고 신비로운 곳이 있다니 엄마와 처음 올라서 발견했을 때 얼마나 기쁘고 신기했는지 몰라요.

저의 작업실이자 집인 융지트는 개인적으로 힘든 일이 있을 때 구한 공간이에요. 융지트를 아껴주는 것은 제가 저를 아껴주는 일이었어요. 이곳을 가꾸며 에너지도 되찾고, 좋은 일이 많이 생겨서 저에게는 선물과 같은 집이랍니다. 융지트를 진짜 저의 집으로 만들고 싶다는 꿈이 생겼어요. 조만간 꿈이 현실이 될 거라고 굳게 믿고 있습니다.

여름, 회사로부터 독립

8

약하기 때문에 강한 사람

외로움은 두려움처럼 어쩔 수 없이 이따금 찾아오는 감정이다. 정말 잘 놀고, 시간을 잘 보내다가도 공허해지는 순간이 오곤 한다. 인생이란 무엇일까. 알다가도 모르겠고, 신나다가도 슬프고, 뜻대로 되는 것 같다가도 마음대로 되지 않는다. 평범해 보이는 모두의 일상에는 얼마나 크고 작은 드라마가 일어나고 있을까. 사람이 사람을 마음으로 이해한다는 건 얼마나 어려운 일인가.

　이런저런 생각이 들며 아무 말이나 하고 싶은 날이면 친구 수진에게 전화를 건다. 본래 가까웠지만 올해 들어 우리 사이는 전과 비교할 수 없을 정도로 깊어졌다. 잃는 게 있으면 얻는 것도 있다는 말은 사실이었다.

수진과 나는 별의별 얘기를 다한다. 책과 영화부터 사랑, 일, 시간, 평행 우주까지. 서로의 의견을 필터링 없이 나눈다. 쉽사리 꺼내기 힘든 이야기도 수진에겐 할 수 있다. 고민이 있을 때, 좋은 일이 생겼을 때, 마음이 힘든 일이 있을 때…… 수진은 나에게 딱 필요한 이야기를 해준다. 공감이 필요할 때는 깊이 공감해주고, 조금 다른 관점으로 생각해야 할 때는 솔직한 의견을 건네준다.

가끔은 수진이 내게 해준 말을 내가 다시 수진에게 하고, 내가 수진에게 건넨 말을 수진이 나에게 돌려준다. 그만큼 우리는 서로의 생각에 물들고 자극받으며 함께 성장하고 있다. 영혼이 통하는 사이란 이런 걸까.

· 수진은 3년 동안 세계를 여행하고 돌아왔다. 세계 여기저기를 돌아다닌 게 아니라 수진이 '소울 컨트리'라 부르는 하와이를 즐겨 찾아갔다. 나에겐 그 모습이 참 멋졌다. 여행하는 나라의 '양'을 늘리는 게 아니라 자기를 부르는 곳을 가고 또 가는 모습. 사랑에 빠진 하와이로 고집스럽게 돌아가는 수진의 강단이 좋았다. 2017년, 내가 배낭여행을 준비할 때 수진이 했던 말이 떠오른다.

– 내가 세계 여행을 떠난다고 하니까 주변 사람들이
　 나보다 들떠 있더라고. 그때는 이해되지 않았는데 네가

여행을 간다니까 이젠 알 것 같아. 너의 시선으로 바라볼 세상을 생각하니 내가 더 설레.

이토록 투명하고 예쁜 문장을 툭툭 내뱉는 친구라니. 나는 가끔 수진의 말을 메모한다.

수진과 나는 여행을 사랑한다. 지구를 사랑한다. 우리는 한국인이기 전에 지구별에서 태어난 지구인이라고 믿는다. 지구 구석구석의 아름다움을 확인하고 싶고, 낯선 이들과 친구가 되고 싶다.

사상 초유의 팬데믹으로 해외여행이 꿈이 되어버린 2020년 여름, 우리는 즉흥적으로 일주일 동안 제주도를 다녀왔다. 해마다 시간이 나면 하와이를 찾아갔던 수진과 올해에도 버닝맨Burning Man, 미국 서부 네바다주 블랙록 사막에서 열리는 행사을 가려고 했던 나는 할 수 없이 제주도를 선택했는데, 그 일주일은 2020년의 보석이었다.

우리가 묵은 숙소는 복층에 전면이 통창이 나 있었다. 바깥으로는 푸르디푸른 바다와 야자수, 그리고 '문moon 섬'이란 이름을 가진 신비로운 섬이 보였다. 문 섬은 〈천공의 성 라퓨타〉나 바빌론의 공중 정원처럼 갑자기 솟아올라도 이상하지 않을 법한 작고 아름다운 섬이었다. 달을 연상시키는 이름이

약하기 때문에 강한 사람

111

더해져 신비로웠다. 보고 또 보고 싶은 전망에 우리는 원하는 대로 음악을 바꾸며 숙소에 푹 빠졌다.

비가 내리는 날에는 숙소의 커다란 창문 앞에 엎드려 글을 쓰고 그림을 그리고 책을 읽었다. 흥이 넘치면 둘이 노래를 부르고 춤을 췄다. 수진은 루엘의 〈페인 킬러〉를 자주 틀었다. 이번 여행의 배경 음악이나 다름없었다. 지금도 이 노래를 들을 때면 우리의 제주가 생각난다.

아무 계획 없이 제주를 돌아다녔다. 비가 쏟아지는 아침에는 온몸으로 비를 맞으며 숙소 앞 외돌개로 뛰어나가 바다를 보았다. 바다를 닮은 노래를 블루투스 스피커에 크게 틀었다. 빗소리, 바다 소리, 음악 소리가 공감각적으로 울려 퍼졌다. 머리끝부터 발끝까지 모조리 젖은 채로 요동치는 파도를 보며 '너무 좋다'고 소리 질렀다. 가슴에 응어리진 것들이 시원하게 날아갔다.

어떤 날은 따로 움직였다. 수진은 서핑을 하려고 중문으로 나갔다. 피부에 찬물이 닿으면 두드러기가 돋는 알레르기가 있는 나는 제주 시내에 오픈한 디앤디파트먼트d&department로 향했다. 따로 또 같이, 혼자 있는 시간도 잘 즐기는 우리였다. 모든 순간을 함께해야 한다는 압박이나 약속 없이, 서로의 독립적인 취향과 기질을 인정하고 존중하는 사이. 우리는 그런 친구였다.

햇살 좋은 날에는 무작정 숙소 밖으로 나와 버스에 몸을 실었다. '어떻게든 되겠지'라는 마음, 계획 없는 뚜벅이 여행으로 다다른 곳은 더할 나위 없이 완벽했다. 그곳의 이름은 표선해수욕장. 밀물과 썰물의 차이가 확연하기로 유명한 해변은 때마침 썰물이 빠져나가 새하얀 모래사장이 거대하게 펼쳐져 있었다. 하얀 모래를 맨발로 밟으며 바다를 향해 걸었다. 모래 사이사이에 맑은 바다가 얕게 고여 있었다. 발목까지 차오르는 해수를 가르며 걸었다. 발을 담그고 발가락으로 고운 모래를 움켜쥐었다가 풀었다. 연한 청록색 바다를 바라보며 반짝이는 햇빛에 눈을 맞췄다. 우리의 대화는 이렇게 흘러갔다.

- 혜윤아, 저기 봐. 너무 예뻐.
- 미쳤다. 진짜 너무 좋다!
- 어떻게 시간이 이렇게 흘러가지.
- 너무 좋아. 행복해.

'무계획 여행자'로 제주를 찾아온 우리에게 우주는 눈물이 찔끔 날 정도로 벅찬 행복을 선사해주었다. 제주에 살고 있는 수진의 친구 쨍쨍을 만난 건 여행의 하이라이트였다. 세 사람의 에너지가 모여 폭발했다고 할까. 꽃은 꽃대로, 바다는

바다대로, 산은 산대로…… 우리 셋은 세상의 아름다움이 모두 여기에 있는 것처럼 감동받았다. 바람을 가르며 드라이빙하고, 요가를 하고, 기타를 치고, 춤을 추고, 노래를 불렀다. 제주의 품에 온몸을 맡겼다. 제주는 그런 우리를 보듬고 사랑해주었다.

쨍쨍의 차를 타고 해안가를 달릴 때 나는 2초 정도 울었다. 너무 행복했다. 아무것도 생각나지 않았다. 눈앞에 펼쳐지는 제주도 아름다웠지만, 나와 함께하는 사람들의 존재가 하나의 우주처럼 느껴졌다. 우리는 제주에서 조금 다른 차원에 머물렀다. 자유와 사랑이 가득 찬 시간에 있었다. 여행은 장소가 아니라 사람일 수 있었다.

제주에 도착한 첫날, 수진은 나에게 편지를 건넸다. 편지에는 누군가와 함께하는 여행이 처음이라는 귀여운 고민과 (혹시 우리가 싸우지는 않을까?) 나를 향한 어떤 말이 적혀 있었다. 그 말은 따로 메모할 필요가 없을 정도로 내 마음 깊이 새겨졌다.

수진은 나를 '약하기 때문에 강한 사람'이라고 표현했다. 그렇구나. 나의 약함을 인정하는 것이 사실은 강한 거구나. 앞으로 나는 약해지는 순간이 찾아와도 언제든지 강해질 수 있을 것이다. 밑으로 내려가면 언젠가 올라가는 게 인생이니까. 바닥을 찍은 반동으로 다시 튀어 올라야지. 나는 약하기 때문에 강한 사람이니까.

수진의 편지를 읽고 눈물이 핑 돌았다. 고마웠다. 기쁨도 슬픔도 모두 공유할 수 있는 친구가 있다는 것, 영감을 받은 순간을 함께하는 친구가 있다는 것, 일과 사랑을 나눌 수 있는 친구가 있다는 것, 어떤 때는 고민을 제쳐두고 신나게 놀수 있는 친구가 있다는 것. 모든 것이 고마웠다. 제주를 배경으로 '찐하게' 웃고 있는 우리의 사진을 보며 수진이 말했다.

– 여기는 하와이, 여기는 버닝맨이야. 행복은 마음속에
  있어. 행복하자, 응.

약함을 드러내도 안전한 사람이 있다는 것은 나를 보살피는 울타리가 되어준다. 비록 물리적으로 하와이에 갈 수는 없지만 좋아하는 사람들로 울타리를 만들어 '서울시 알로하동'을 만들겠다는 수진의 말처럼, 우리가 함께했던 일주일의 제주는 하와이였고 버닝맨이었다.

때론 한 사람의 존재가 나를 비추는 거울이 된다. 나의 약한 모습을 있는 그대로 꺼내주고 마주하게 한다. 그 순간을 기점으로 우리는 다시 떠오른다. 그러기를 기다리고 있는, 나를 아끼는 얼굴들이 있다는 사실 하나만은 모든 것이 변해도 변하지 않는다.

수진아, 내가 힘들 때 너는 나의 페인 킬러였어. 고마워. 행

복하자.

주 5일 출근하는 삶에서 독립

제주도를 다녀온 뒤부터 마음속에 뭔가 꿈틀거렸다. 익숙한 감정이었다. 무엇이든 해보고 싶은 마음. 꿈을 행동으로 옮기고 싶은 마음. 여행을 떠나기 전부터 존재했던 마음의 크기가 더 커져 있었다.

나는 주체적으로 일하고 싶은 바람을 살려 여러 스타트업에서 경력을 쌓아왔다. 처음 해보는 일이 많았지만 자율성을 가지고 이것저것 시도해볼 수 있어 좋았다. 맨땅에 헤딩하는 심정이었지만, 그 도전만큼 매일 성장했다. 대기업이나 공기업에서 일하는 것에 비해 미래에 대한 불안이 따랐지만 나에겐 오히려 장점으로 다가왔다. 청춘이란 잃을 것이 많지 않은 시기. 소실점 없이 미지의 세계로 남아 있는 내일이 좋았다.

2017년, 모험에 가까운 일을 하던 나는 꿈틀대는 마음에 자리를 내주려 퇴사했다. 생각을 행동으로 옮기며 꾸준히 기록했다. 회사에 다시 들어갈 마음은 없었다. 그러나 '브런치'에 꾸준히 기록했던 글이 몇천 번씩 공유되고, '스타트업 마케터'로 알려지며 감사하게도 여러 제안이 들어왔다. 그중 유독 마음이 끌리는 곳이 있었다.

내가 좋아하는 '음악'을 중심으로 일한다는 점과 함께하는 사람들이 좋았다. 놓치기 아까운 기회라고 판단했다. 퇴사 후 1년 동안 자유롭게 유랑하던 생활을 마무리하고 이제 갓 시작한 음악 스타트업에 브랜드 마케터로 합류했다. 2010년 첫 직장에 들어가고 여섯 번째로 몸담은 회사였다. 지금까지 다녔던 회사에서도 '내가 함께 만들어나간다'는 마음으로 성심껏 일했지만 이곳은 더 각별했다. 3년 동안 좋은 동료들과 '덕업 일치'를 이루며 신나게 일했다.

그러나 회사의 방향과 내가 가고 싶은 방향이 달라지는 시기가 찾아왔다. 좋은 경험을 쌓았고, 그만큼 성장했지만 2017년의 나에서 멈춰 있는 것 같았다. 내게 2017년은 그동안 하지 않았던 일들에 도전하며 나의 테두리를 넓혀나간 시기였다. '사람'으로서 가장 많이 성장했던 때였다. 그때 도전했던 일들을 이어서 해왔다면 나는 지금 어떻게 되었을까. 내가 갈 수 있는 여러 갈래 길에 갈증이 났다.

여름. 회사로부터 독립

2017년 도전의 경험을 담은 독립 출판물 『퇴사는 여행』을 내고, 출판사 북노마드를 통해 정식 출판으로 이어지며 어느 정도 갈증을 해소했지만 더 나아가고 싶었다. 내 안에 쌓여 있는 이야기를 어떤 방식으로든 풀어내지 않으면 계속 일을 미루는 것 같았다.

시간을 어떻게 쓰고 싶은가. 회사에서나 회사 밖에서나 내가 몰두한 화두였다. 하고 싶은 일이 이렇게 많은데 회사에 묶여 있다는 생각이 들었다. 진지하게 고민했다.

'변화'가 디폴트인 시대다. 너무 빠른 변화가 무서우면서도 그 잠재력이 기대되는 세상을 살고 있다. 불과 10년 전만 해도 어떤 일을 시작하고 운영하려면 돈, 시간, 리소스resource, 생활 및 경제 생산에 이용되는 노동력, 기술가 필수적이었다. 하지만 지금은 조금만 익히면 금세 적용할 수 있는 많은 툴이 존재한다. 개인이 돈을 벌 수 있는 플랫폼도 많아졌다. 그 어느 때보다 취업이 힘든 시대이지만 동시에 내가 나를 먹여 살리는 선택지가 늘어났다. 어딘가 소속되지 않아도 '혼자'서 할 수 있는 일이 많아졌다. 부업으로 돈을 버는 사람도 늘어나고 있다.

여기에 코로나19가 찾아왔다. 바이러스는 미래를 앞당겼다. 트위터는 글로벌적으로 재택근무를 도입했다. 실리콘밸리의 많은 기술 기업들이 몇 년 안에 사무실을 정리하겠다고 발표했다. 에어비앤비의 창업자 브라이언 체스키Brian Chesky는 코로나가 종식되면 디지털 노마드가 폭발적으로 늘어날 거라고 전망했다.

물론 창조적인 아이디어가 요구되는 회의는 다양한 의견을 가감 없이 나눌 수 있는 오프라인 미팅이 효과적이다. 하지만 혼자서 충분히 할 수 있는 일은 원격근무에도 장점이 많다. 보수적인 기업들 역시 재택근무를 해도 회사가 '돌아간다'는 사실을 경험하게 되었다.

일의 '품질quality'은 들인 시간에 비례하지 않는다. 초보자가 열 시간 일하는 것보다 숙련된 전문가가 한 시간 일하는 것이 좋은 결과를 가져온다. 돈(재화)을 버는 것도 마찬가지다. 더 많은 시간을 들이고, 더 큰 고생을 한다고 해서 반드시 좋은 성과를 내는 것은 아니다. 바이러스는 일하고 돈 버는 방식에 '시간'이라는 핵심 요소를 다시 바라볼 것을 요구하고 있다. 시대는 이미 변했다. 그동안 세계 곳곳을 돌아다니고 여섯 개의 회사에서 일하며 나는 거대한 흐름을 직접 느낄 수 있었다. 『퇴사는 여행』에 한 챕터를 할애해 풀어냈듯이 '직업이 여러 개인 시대'는 갈수록 구체화되고 있다.

변화의 흐름을 따라갈 것인가, 앞장서서 만들어갈 것인가. 둘 중 하나를 선택해야 한다면 시행착오를 겪더라도 앞에 서고 싶다. 나는 흐름을 따라가는 사람이 아니라 '만드는' 사람으로 살고 싶다. 아무것도 없는 상태에서 오로지 패기로만 부딪히겠다는 것이 아니다. 나에겐 지난 10년 동안 쌓은 경력, 능력, 네트워크가 있다.

2021년은 주 5일 출근하는 삶에서 벗어나자고 결심했다. 2019년부터 마음속에 품고 있던 다짐을 앞당기기로 했다. 지금 회사 밖으로 나가 내가 원하는 일터를 직접 만든다면 더 성장할 수 있으리라 믿었다. 처음에는 힘들더라도 지금 최전선에 나서는 것이 내가 원하는 곳으로 가는 더 빠른 길이라는 확신이 들었다.

그렇게 2020년 여름, 또 한 번의 도전을 위해 3년간 몸담았던 스타트업에서의 여정을 마무리했다. 매일 출근하는 삶으로부터 독립해 나만의 길을 만들어보기로 했다. 나 자신에게 제약을 두지 않고, 하고 싶은 일을 다 해보기로 마음먹었다. 시간과 공간에 구애받지 않고 할 수 있는 일을 찾아서 도전하기로 했다.

이렇게 관계, 집에 이어 회사로부터 독립하며 세 번째 독립을 이루었다. 6년 전부터 브런치에 '스타트업 마케터의 일기'라는 매거진을 만들어 꾸준히 나의 경험을 올렸는데, 회사를 나오며 '독립한 마케터의 일기'라는 매거진을 추가해 또다시 과정을 기록하기 시작했다.

몇 달 동안 글 쓰는 슬럼프에 빠져 원하는 만큼 쓰지 못했는데, 퇴사하여 나에게 집중하니 하고 싶은 말들이 머릿속

에 솟구쳤다. 그 문장을 조금씩 밖으로 빼내며 글 쓰는 흐름
을 되찾았다.

주 5일 출근하는 삶에서 벗어나자 내가 시간의 주인이 되
었다. 꿈꾸던 자유를 스스로 선물할 수 있었다. 스스로 정한
시간에 원하는 일을 하니 누군가의 허락을 받을 필요가 없었
다. 일상에 규칙이 사라졌다. 한계는 다른 사람의 손끝이 아
닌 내 손끝에 있었다.

10

이것도 하고 싶고, 저것도 하고 싶어

나에게 엄청나게 힘을 가져다준 책이 있다. 에밀리 와프닉의 『모든 것이 되는 법』. 이 책을 읽고 나 같은 사람이 세상에 엄청나게 많다는 사실을, '본캐'와 '부캐'가 공존하는 시대에 이 것저것 해보고 싶은 일이 많은 게 단점이 아니라 장점이 될 수 있음을 알았다. 책을 읽고 나는 이렇게 후기를 남겼다.

> 나의 고민은 늘 비슷했다. 좋아하는 게 많지만 뭘 해야 할지 몰라 고민이었다. 그 고민이 『퇴사는 여행』의 배경이었고, 『브랜드 마케터들의 이야기』에도 썼던, 내가 마케팅을 하기로 결심한 이유였다. 적어도 마케팅은 많은 것을 좋아하는 게 단점이 아니라 장점이

되는 일 같았으니까. 내가 마케팅을 하기로 결심한
이유는 마케터가 오케스트라 지휘자와 같다는 비유
덕분이었다. 모든 악기를 연주할 줄 아는 것은 아니지만,
각 악기를 이해하고 있고 여러 악기를 조율해 하모니를
만드는 사람. 한 가지만 선택하지 않아도 되는 길처럼
느껴졌다.

나는 늘 그림도 그리고 싶고, 글도 쓰고 싶고, 사진도 찍고
싶고, 춤도 추고 싶고, 기타도 치고 싶었다. 뭔가를 만들고 나
누는 것도 좋고, 사람들을 만나는 것도, 노는 것도, 공부하는
것도 좋아했다. 관심이 가는 건 뭐든 일단 배웠다(한국은 무엇
이든 배우기 좋은 곳이다). 학생 때도 그랬고 지금도 여전하다.
노트를 펼쳐 올해 하고 싶은 일을 적었다. 코로나19 때문에
보류 중인 것도 있지만.

내 '딴 짓'의 역사는 길다. 초등학생 때부터 지금까지 해본
게 많지만 중간에 그만둔 것도 많다. 업으로 삼은 마케팅을
제외하고 무언가를 특출나게 잘하진 않는다. 그래도 몇 가지
는 취미가 되었고, 나쁘지 않은 수준으로 할 수 있게 되었다.

매일 한 가지 일을 계속하는 장인들을 존경한다. 그런 끈
기가 나에겐 없다. 사회로 나온 뒤에도 나의 성향은 발동되
어 거의 1년에 한 번 꼴로 회사를 옮겼다. 마케팅, 홍보, 기획

이라는 범주를 벗어나지 않았지만 나는 여전히 하고 싶은 것
도, 궁금한 것도 많다. 앞으로 또 무슨 일을 해볼 수 있을까
고민한다.

『모든 것이 되는 법』, 제목부터 좋았고, 첫 장부터 공감했
다. 내가 거쳐 온 과정과 고민이 통하는 게 많았다. 내가 이상
하거나 잘못된 게 아니라는 사실을 비슷한 고민을 거쳐 행동
한 사람들을 통해 배웠다.

다시 한 번 다짐한다. 서로를 응원하는 좋은 사람들을 곁
에 두고 선한 영향을 주고받으며 함께 성장해야지. 불가능한
상황을 찾기보다 계속 공부하고, 해보고 싶은 걸 다 해야지.
누가 뭐래도 내 인생이고, 인생은 한 번밖에 없으니까. 재미있
는 일, 좋은 일을 많이 하면서 멋지게 자유롭게 살아야지!

에밀리 와프닉이 쓴 이력서를 보면 거의 다섯 명의 이력을
모아놓은 것처럼 보인다. 음악, 미술, 웹 디자인, 영화 제작, 법
학······. 에밀리는 관련 없어 보이는 분야를 지그재그로 경험
했다. 음악을 했지만 뮤지션이 되지는 않았고, 웹 디자인을
할 줄 알지만 직업으로 삼진 않았으며, 영화와 법학을 공부했
지만 영화감독도 변호사도 아니다.

나의 과거도 비슷하다. 리코더 합주단, 오케스트라, 고적대,
밴드에서 관악기나 기타를 연주한 경험이 있고, 음악을 사랑

하지만 뮤지션은 아니다. 미술을 좋아해 부전공으로 선택했고, 가끔 그림을 그리지만 화가를 업으로 삼지 않았다. 취미는 무수히 많다. 중간에 그만둔 것도 많다. 좋아하는 게 많다는 이유로 마케팅을 전공해 마케터가 되었다. 하지만 그 안에서도 이것저것 시도하고 그만두고 다시 시작하기를 멈추지 않았다.

『모든 것이 되는 법』에는 '다능인'이라는 단어가 나온다. 와프닉은 이를 "많은 관심사와 창의적인 활동 분야를 폭넓게 아우르는 사람"이라고 정의한다. 나는 다능인을 "한 가지 분야에 자신을 규정짓지 않고 다양한 정체성을 가진 사람"으로 정의하고 싶다.

지금 나는 스스로를 마케터, 작가, 여행가로 정의 내리고 있다. 이 세 가지는 '일'과 관련된 정체성으로 엄마의 딸, 지윤의 언니, 음악을 좋아하는 나, 피아노 치는 나, 우주를 좋아하는 나와는 조금은 다른 정체성이다. 나에게 마케터, 작가, 여행가는 어떤 의미일까.

- **마케터** 나의 능력을 활용해 다른 사람들과 협업하고, 가치를 만들고, 돈도 벌며 현실 감각을 유지하는 일.
- **작가** 나를 계속 들여다보며 무언가를 만들어내고, 내 안의 뿌리를 단단히 하는 일(글쓰기, 그림 그리기, 그 밖

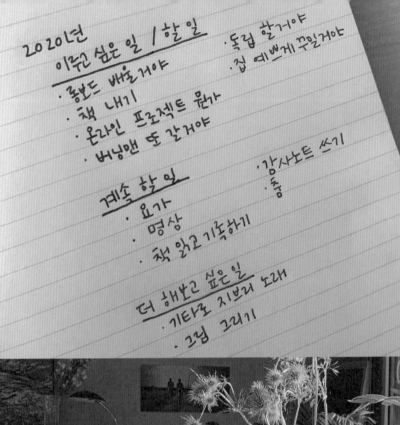

2020년
이루고 싶은 일 / 할 일
· 홍보드 배울거야
· 책 내기
· 온라인 프로젝트 뭔가
· 버닝맨 또 갈거야

· 독립 할거야
· 집 예쁘게 꾸밀거야

계속 할 일
· 요가
· 명상
· 책 읽고 기록하기

· 감사노트 쓰기
· 춤

더 해보고 싶은 일
· 기타로 지브리 노래
· 그림 그리기

의 모든 창작을 포함한다).

- **여행가** 새로운 세계에 열린 태도로 도전하고, 계속해
서 탐험하고 배우는 일(반드시 몸이 어디론가 가지 않아도
해보지 않았던 걸 하는 것, 음악 듣고 춤추는 것, 독서와 영
화를 통해 다른 사람의 눈을 빌리는 것, 일상을 여행하듯 관
점을 바꾸는 것, 때로는 나에게 쉼을 주는 것, 사람들을 만
나는 것…… 모든 것이 여행이다).

세 가지 정체성은 모두 개별적으로 보이지만 서로 이어져
있다. '여행가-자아'는 마케터와 작가로서의 나에게 영감을
주고, '작가-자아'는 마케팅과 여행을 통해 경험한 것을 기록
으로 승화시킨다. '마케터-자아'는 작가이자 여행가로서의 나
를 마음 놓고 펼칠 수 있는 든든한 기초가 된다. '작가-자아'
는 언제쯤 자랄 수 있을까? 창작에 욕심이 있으니 앞으로 두
고 볼 일이다.

에밀리 와프닉의 책을 통해 다능인이라는 개념을 받아들
이고, 여러 가지 자아로 나를 규정짓자 마음이 한결 편해졌
다. 내 안에 다양한 색깔이 있어 여러 분야가 궁금하고 욕심
이 나는 건 괴로워할 일이 아니라 축하할 일이다. 이제 나는
일을 하다가 피아노가 치고 싶고, 글을 쓰다가 달리기를 하고
싶은 나를 탓하지 않는다. 이렇게 태어난 걸 어쩌하랴. 최대

이것도 하고 싶고, 저것도 하고 싶어

한 즐길 수 있는 방법을 찾아야지.

한 가지만 선택하는 것을 거부하고, 여러 가지를 선택한 건 직감적이고 본능적인 결정이었다. 그렇지 않으면 너무 괴로울 것 같았다. 정석처럼 여겨지는 길을 거부하고 자기만의 길을 만들어본 사람들과 대화하는 게 즐거웠다. 나만의 '사이드 프로젝트'로 내게 영감을 주는 사람들의 이야기를 기록하기 시작했다.

2017년 1월, 사이드 프로젝트를 시작하며 sideproject. co.kr 도메인을 검색했는데 웬걸, 도메인이 살아 있었다. 신기한 마음으로 일단 도메인을 구입했다. 회사를 다니는 3년 동안 휴면 상태였다가 회사를 나오며 이곳에 내가 해보고 싶었던 일을 실천하기로 했다. 지금 행동하지 않으면 후회할 것 같았다. '어, 이거 나도 생각했던 건데!'라고 아쉬워만 하고 싶지 않았다.

하고 싶은 게 많아서 고민인 나 같은 사람들을 side project.co.kr에 모으기로 했다. 해외에는 다능인 커뮤니티가 많은데 한국에는 왜 없을까. '다능인' 키워드를 앞세워 커뮤니티를 만들고 싶었다. 우리가 연대한다면 어떤 일이 벌어질까?

나는 왜 하나의 일에 만족하지 못할까 자책하고 괴로워하는 이라면(과거의 내가 그랬다), '다능인'을 강점으로 삼으면 좋겠다. 단 한 가지 적성을 고르는 게 괴롭다면 여러 가지 선택지를 고민하면 된다. 머리로만 고민하지 말고 미지의 분야를 탐험해보자. 책을 읽고, 수업을 듣고, 손발을 움직여보자. 나의 가능성을 열어두면 예상하지 못했던 곳에서 재미있는 일이 펼쳐질 것이다.

인생은 순식간일 수 있지만 또 생각보다 길다. 그 시간을 어떻게 채울지는 나의 오늘에 달려 있다.

이것도 하고 싶고, 저것도 하고 싶어

11

사이드 프로젝트의 시작

나는 2012년에 처음으로 뉴스레터를 운영해보았다. 수진과 같은 팀으로 영화 마케팅을 할 때 우리는 뉴스레터를 운영했다. 우리는 뉴스레터 도입부를 편지처럼 썼다. 몇몇 구독자들이 답장을 보내왔다. 팬을 자처하는 사람들로부터 답장은 물론 손 편지와 컵케이크를 받기도 했다.

뉴스레터를 운영하며 나는 고객과 직접 소통하는 D2C Direct to Consumer의 힘을 실감했다. 뉴스레터는 투입되는 리소스 대비 효과가 커서 잘 운영하면 브랜딩에 큰 도움이 된다. 브랜드의 팬을 만들 수 있는 강력한 마케팅 툴이다. 요즘에는 메일침프 MailChimp, 스티비 stibee 같은 뉴스레터 툴을 통해 편하게 구독자를 관리하고 뉴스레터를 성장시킬 수 있다.

뉴스레터는 개인 메일함으로 날아오기 때문에 1:1로 소통하는 기분이 든다. 광고는 브랜드가 다수를 상대로 메시지를 전하는 데 반해 뉴스레터는 브랜드가 '나'에게 이야기하는 느낌이 든다. 이건 엄청난 장점이다. 디지털 상에서 사람 대 사람으로 친근하게 다가갈 수 있는 것은 브랜드의 목소리에 그만큼 힘을 실을 수 있다는 뜻이기 때문이다.

우리 브랜드를 (혹은 나의 이야기를) 아껴주는 고마운 사람들(팬)을 한곳에 모아서 관리하는 것은 브랜드와 고객의 가치관이 점점 닮아가는 시대에 필수 요소다. 무엇보다 뉴스레터는 중간 플랫폼 없이 구독자와 상호 소통하고 교류하게 만들어준다.

나는 사이드 프로젝트 사이트 sideproject.co.kr를 시작하며 다능인을 위한 커뮤니티를 만들겠다고 마음먹었다. 처음부터 이 일을 통해 어떤 결과를 얻을 수 있을까를 깊이 고민하지 않았다. 그보다는 나와 비슷한 고민을 겪는 사람들을 한곳에 모아두고, 이들에게 용기를 주고 싶었다. 우선 뉴스레터를 운영하기로 했다. 그간의 경험치가 쌓여 있어 쉽고 빠르게 잘할 수 있는 일이었다.

뉴스레터 0호 구독자를 모집하다

아이디어만 가지고 뉴스레터 '0호' 구독자부터 모집했다. 이유는 단순하다. 회사를 나오고 나서 게을러지는 것을 막고 싶었다. 생각만 하고 행동으로 옮기지 못하는 일이 얼마나 많던가. 구독자를 먼저 모집하여 강제로 마감일을 만들었다. 누군가와의 약속은 나를 부지런하게 만들어주는 장치다. 나를 응원해주는 사람이 단 한 명이라도 있다면, 그 사람을 기다리게 하는 것이 미안해서라도 나는 더 움직일 터였다.

퇴사하고 한 달 뒤, 인스타그램, 페이스북, 블로그를 통해 구독자를 모집했다. 사이드 인스타그램 계정@sideseoul을 따로 만들었다. 손 글씨로 "아직은 아무것도 없지만 구독해주는 여러분은 천사"라는 문장을 여섯 개 이미지로 나누어 올렸다. 이른바 '각' 잡고 오래 준비하지 않고 가볍게 5분 만에 뚝딱 올렸다.

개인 인스타그램 계정에 뉴스레터 0호 구독자를 모집한다는 소식을 올리자 많은 사람들이 사이드 계정을 팔로우해주었다. 손 글씨 이미지가 사람들에게 '피식'하며 작은 호감을 주었던 것 같다.

뉴스레터 '0호'라고 표현한 이유는 아직 준비가 되지 않았기 때문이었다. 감사하게도 베타 버전인데도 600명의 구독자분들이 0호에 참여해주셨다. 예상보다 많은 구독자가 모인 데에는 다음과 같이 구독자를 정의했기 때문인 것 같다.

> 좋아하는 것이 많고, 나만의 어떤 것을 시작해보고 싶고,
> 이것저것 해보고 싶은 게 너무 많아서 고민인 사람들을
> 위한 레터

그 아래에 자유롭게 한마디를 남길 수 있는 입력창을 만들었는데 '구독자'를 정의한 말이 공감 간다는 답변이 많았다. 좋아하는 게 너무 많다고, 나만의 것을 시작하고 싶다고, 이것저것 해보고 싶어서 고민이라고.

뉴스레터 0호를 보내다

구독자가 많아지자 잘해야 한다는 압박감이 들었다. 구독자를 모집하고 2주 후에야 0호를 보냈다. 웹사이트를 정비하고, 리퍼럴referral 링크를 도입하는 데 조금 시간이 걸렸다(리퍼럴 링크는 구독자마다 고유의 링크가 있고, 그 링크를 타고 한 명이 구독할 때마다 1점이 쌓이는 프로그램을 말한다).

2주 이상은 미룰 수 없다는 생각으로 책상 앞에 엉덩이를

SIDE.

SIDE.

SIDE.

SIDE.

START.
INSPIRE.
DREAM.
EXPLORE.

붙이고 앉았다. 앞으로 어떤 이야기를 전하고 싶은지 찬찬히
정리했다.

SIDE는 인생을 스스로 디자인하는 사람들의 이야기를
다룹니다. 앞 글자를 따서 카테고리를 만들었어요.

- START: 시작하는 사람들의 이야기
- INSPIRE: 영감을 주는 사람들의 이야기
- DREAM: 꿈을 꾸는 사람들의 이야기
- EXPLORE: 자신의 세계를 확장하고 탐험하는
  사람들의 이야기

시작하고, 영감 받고, 꿈을 꾸고, 탐험하고. 나만의
사이드 프로젝트에 필요한 키워드와 흐름이 앞 글자를
딴 단어가 될 수 있겠더라고요. 좀 더 자세히 설명하면,

START: 시작에는 희망차고 긍정적인 에너지가
있어요. 결과와 관계없이 생각을 행동으로 옮기는
움직임만으로도 의미 있죠. 출발선에서 시작의 에너지로
가득한 사람들의 초심을 기록하고 싶어요. 이 이야기는
또 누군가의 시작을 촉진하겠죠?

INSPIRE: 생각했던 일을 시작하고, 한두 발 앞서 크고 작은 성취를 이룬 사람들. 많은 사람에게 영감을 주는 다능인의 하루가 궁금해요. 어디서 영감을 받고, 목표를 세우는지, 무엇을 중요시하고, 어떻게 시간을 관리하는지 알아볼게요.

DREAM: 가깝거나 먼 미래에 구체적으로 꿈을 꾸는 사람들이 있어요. 계속 꿈꾸고 말하면 그 방향으로 행동하게 되고 꿈을 이룰 가능성이 높다고 믿어요. 언젠가, 어떤 일을 하고 싶다는 열망을 가진 사람들의 마음속 그림을 기록하고 싶어요.

EXPLORE: 저는 알을 깨고 나온 사람들의 이야기를 좋아해요. 아직 가보지 않은 영역에 가거나 하나의 세계를 깊게 파고들어간 사람도 좋아해요. 자기 내면의 세계를 탐험하며 스스로를 알아가는 사람들의 이야기를 담을 예정입니다.

이틀 만에 완성했지만, 생각해보면 오래전부터 하고 싶은 이야기였다. 마음속에 축적된 이야기를 본격적으로 꺼내기 시작했다.

뉴스레터 0호를 보낸 후

0호를 보내고 많은 분들이 "준비를 잘한 것 같다"는 피드백을 주셨다. 다행스럽고 감사했다. 동시에 신기했다.

사실 나는 내가 원하는 만큼 준비하지는 못했다고 생각했다. 물론 내용은 자신 있었지만 계획했던 '해야 할 일'을 전부 하지는 못한 채로 시작했다. 부족한 부분은 차근차근 채우면 되고, 일단 가볍고 빠르게 시작하는 것이 중요했다. 그런데 "준비를 많이 했다"는 피드백을 받은 것은 그간의 마케팅 경험과 주체적인 삶에 관한 생각이 단단하게 자리 잡힌 덕분이었던 것 같다.

요즘 세상은 서투를지라도 진정성 있는 시작을 응원한다. 오히려 너무 완벽한 채로 오픈하는 것보다도 초기의 불안함과 부족함을 있는 그대로 보여주는 것 또한 반기는 세상이다. 규모가 작고 개인적일수록 더 그렇다. 자신과 더 가깝게 느껴지기 때문이다. 정상 위에서 "어서 올라오라"고 외치는 사람의 말보다 딱 반걸음 정도 앞선 친구가 내게 해주는 말이 더 와 닿는 것과 비슷하다.

"자기다운 방식으로 일하는 사람들을 위한 브랜드" 모베러웍스mobetterworks가 좋은 예시다. 모베러웍스를 창업한 모춘님과 소호님은 유튜브에 퇴사를 하고 브랜드를 만들어나가는 과정을 처음부터 기록했다. 현재의 고민과 아이디어를 거리낌 없이 드러내고 프로젝트를 전개하며 구독자의 의견을 적극 수용하며 팬을 늘렸다.

시간이 흐를수록 함께 성장하는 만큼 브랜드와 고객의 관계는 끈끈해진다. 정답 없이 고민하고 방황하는 시기조차도 과정을 공유하는 것이 누군가에게는 도움이 된다. 완벽하지 않아도 괜찮다. 가깝게 소통하며 발전하는 과정을 공유하면 팬이 생긴다.

여름의 끝에 뉴스레터 0호를 보내고 어느덧 4개월이 지났다. 뉴스레터는 처음에는 2주 간격으로 보내다가 구독자들의 희망대로 매주 발송으로 변경했다. 이 글을 쓰는 지금까지 11번의 뉴스레터를 보냈고, 6명을 인터뷰했으며, 구독자 수는 2,500명으로 늘어났다. 여러 경로로 뉴스레터가 퍼져나갔고 재미있는 제안이 계속 들어오고 있다.

사이드가 어떻게 발전될지는 나도 모른다. 그러나 그 미지의 영역에 에너지가 담겨 있다. 무엇이든지 시작하면 자신도 모르는 방향으로 퍼져나가고 연결된다. 내가 만들어낸 흐름에 나를 맡긴다. 뉴스레터 끝에 언제나 쓰는 문장은 내 꿈을 현실로 옮기겠다는 다짐이자 믿음이다.

해보고 싶은 거 다 하고 살아요. SIDE에서는 의심 대신 응원을, 현실적인 이유로 반대하기 전에 함께 이룰 수 있는 방법을 고민합니다. 다양한 색깔을 지닌 여러분의 스펙트럼이 펼쳐지길.

사이드 프로젝트의 시작

12

직장인에서 프리에이전트로

마케터는 프리랜서가 될 수 있을까? 마케팅은 '기술'의 영역이 아닌지라 기술을 가진 디자이너와 개발자를 부러워한 적이 있다. 그래도 10년 동안 마케터로 일하며 분명한 내공과 네트워크가 쌓였다. 몇 년 전에는 몇 시간 붙잡고 있어야 했던 일을 지금은 빠르고 효율적으로 할 수 있다. 적은 시간을 들여도 브랜드에 필요한 것을 파악하고, 문제를 해결하거나 좋은 성과를 낼 수 있다는 자신감이 생겼다. 경험을 바탕으로 흩어져 있는 것들을 연결한다. 필요한 글을 빠르게 정리할 수 있다. 무엇을 누구에게 연결하면 될지 금세 떠오른다. 이것도 기술이라면 기술이 아닐까?

　　회사를 다녀보는 경험은 소중하다. 포트폴리오, 능력, 협업의 기술, 그리고 사람이 남는다. 회사와 사랑에 빠진 경험, 하나의 목표를 향해 함께 달려본 경험은 우리를 성장시킨다. 매달 급여가 들어오는 것도 빠질 수 없는 장점이다. 안정성은 무시할 수 없는 가치다.

그러나 나는 안정성을 놓기로 결정했다. 나 자신을 책임져야 했다. 회사로부터 독립하기 위해서는 스스로 밥벌이를 해야 했다. 자유와 책임은 상반되는 개념 같지만 사실은 짝꿍처럼 꼭 붙어 있다. 무책임한 자유는 누군가에게 피해를 주고, 자유 없이 책임만 지는 것은 자아의 색깔을 희미하게 만든다. 나의 자유를 책임질 때 자유는 지속될 수 있다.

미래가 정해지지 않은 퇴사를 한 것은 이번이 처음은 아니었다. 2011년, 2013년, 2017년에 이어 네 번째다. 나는 늘 독립을 '연습'했다. 2011년에는 미국에서 한국으로 돌아온 것이니 그렇다 치고, 2013년에 회사를 그만두었을 때는 준비가 되어 있지 않았다. 그때 모험을 떠났다면 좋았을 텐데, 지금처럼 용기가 있지 않았다. 한 달 동안 뉴욕 여행을 마치고 돌아와 잔고가 빈 통장을 보자 마음이 조급해졌다. 결국 3개월 만에 여기저기 이력서를 내고 회사에 들어갔다.

현실적인 이야기를 덧붙인다. 프리랜서로 도전하고 싶다면 최소 4개월 치 생활비를 확보하고 회사를 나올 것을 추천한다. 지금 나는 사회생활 10년 차 치곤 많은 돈을 저축하지는 못했지만, 그래도 열심히 일하고 모아둔 돈이 있어 조급하지 않다. 불안이 아예 사라지지는 않지만 퇴사해본 경험 덕분에 두렵지 않다. 두려움은 내가 선택의 기로에 놓여 있다는 증거다. 도전할 것인가, 말 것인가. 도전하면 어떻게든 도움이 될 것이고, 아무것도 하지 않으면 아무 일도 일어나지 않을 것이다. 두려움과 용기는 한 끗 차이다.

2017년을 기점으로 나는 내가 누구인지 더욱 잘 깨쳤다. 내 목소리를 듣는 것에 익숙해졌고 두려움과 상생하는 법을 알게 되었다. 시간이 흐르고 보니 쓸모없는 경험이 없었다. 나와 맞지 않는다고 생각했던 일도 그 과정에서 배운 관점이 전혀 다른 일을 할 때 도움이 되기도 했다. 무슨 일이든 즐거운 마음으로 집중하면 언젠가 '점'으로 연결된다는 사실을 알고 있다. 때론 내가 먼저 점을 잇는다.

씨를 뿌리면 싹이 나고, 꽃을 피우고, 열매를 맺듯이 그동안 뿌린 점들이 피어나고 서로 연결되려면 어느 정도 시간이 필요하다. 지금 내가 씨를 뿌리는 단계라면 꽃을 피우려고 조급해하지 말고 새싹이 잘 자라도록 계속해서 물과 자양분을 줘야 한다. 그러다보면 제각기 자신만의 속도로 점이 피어나고, 여러 점들이 서로 연결되어 생각지도 못했던 알록달록한 꽃과 열매가 주렁주렁 매달릴 것이다.

이번에도 회사를 나오자마자 몇 개의 점들이 연결되었다.

2017년에 잠시 일을 도왔던 팝업 카페가 어느덧 성수동에 여러 공간과 브랜드를 운영하는 회사가 되어 나에게 일을 준 것이다. 가치 있는 라이프스타일과 문화를 소개하는 매개체로서 공간을 바라보는 크리에이티브 집단 '팀포지티브제로TPZ'의 브랜딩 파트너로 일하기로 했다.

홈페이지에 내 이름이 올라가 있고 명함도 있지만 나는 매일 출근하지 않는다. 일주일에 한 번 미팅에 가고 할 일을 정리한다. 필요에 따라 추가 미팅이 잡히기도 하지만, 나머지 시간에는 내가 원하는 곳에서 일한다. 감사하게도 독립을 유지하면서 함께 일하는 방식을 찾았다. 매달 안정적인 수입을 확보한 덕분에 다양한 도전을 이어갈 수 있게 되었다. 내가 그렇게 바라고 그리던 구조다.

TPZ에는 나처럼 매일 출근하지 않고, 다른 일을 병행하는 멤버들이 있다. 셰프, 바리스타, DJ, 뮤지션, 사진가, 패션 디렉터 등 무언가를 만드는 사람들이 모여 있어 직장인보다는 크리에이터 정체성이 강한 팀이다. 기획에 따라 외부 크리에이터와도 협업하며 수준 높은 콘텐츠를 빠르게 만들어낸다. 각자 작업을 이어가면서 프로젝트에 따라 흩어졌다가 모이는 방식은 아티스트들에게는 이미 익숙한 작업 방식이다.

이 구조에는 회사에게도, 개인에게도 장점이 있다. 10년 차로 일하며 연봉도 자연스레 올랐다. 회사 입장에서는 연차가 많은 경력자의 리소스와 네트워크를 보다 적은 금액으로 쓸 수 있어 좋고, 개인의 입장에서는 시간을 보다 자유롭게 쓰며 수익을 다른 곳에서도 얻을 수 있어 좋다.

프리랜서로 일하겠다는 선언을 하고, 함께 일해보자는 제안을 주는 분들이 있어 다른 파트너들과도 협업하고 있다. 나의 이야기를 계속해서 기록하고 공유하는 일이 중요한 이유는, 그것이 나를 알리는 또 다른 채널이 되어 새로운 기회를 가져다주기 때문이다. 관성적으로 당연하게 받아들여지는 것에 질문을 던지면, 비슷한 질문을 품고 있던 사람들이 모여든다. 정말 우리가 원하는 방향이 맞을까. 더 나은 방법이 있지 않을까. 고민하는 사람이 모이면 다양한 실험이 가능해진다. 지금 우리가 당연하게 받아들이고 있는 방식도 언젠가는 당연하지 않았을 테다. 누군가의 세상을 향한 의문과 행동에 의해 만들어졌을 것이다.

개인 프로젝트를 진행하고, 조직을 넘나들며 일하다가 얼마 후 내가 일하는 방식이 미래학자 다니엘 핑크가 미래의 일하는 방식이라고 말했던 '프리에이전트'의 실천이라는 사실을 알게 됐다.

직장인에서 프리에이전트로

프리에이전트는 프로 스포츠의 자유 계약 선수와 비슷한 개념으로, 다니엘 핑크에 따르면 "원하는 시간과 장소에서, 원하는 조건으로, 그리고 원하는 사람을 위해 일하는 노동자"를 의미한다.

때마침 내가 참여하는 '트레바리' 온라인 독서 모임의 마지막 책이 프리에이전트에 관한 책이었다. 라이프스타일을 중개하는 일본 부동산 회사 '도쿄R부동산'의 일하는 방식을 정리한 『도쿄R부동산 이렇게 일 합니다』. 도쿄R부동산은 프리랜서의 장점인 '하고 싶은 일을 하는 자유'와 조직의 장점인 '규모 있는 일'을 모두 취하기 위해 '프리에이전트 스타일'로 일한다. 회사에 소속되어 지속적으로 함께 일하지만 각자 개인 프로젝트 및 사업을 한다. 겸업을 오히려 권장한다.

> 우리가 소중히 여기는 것들:
> - 하고 싶은 일을 직업으로 삼기
> - 가치관을 공유할 수 있는 동료와 일하기
> - 제대로 돈 벌기
> - 끝까지 공정하기
> - 직감을 중시하기

- 규모가 아닌 영향력에서 성장하기

- 여행하듯 살기

- 본질적으로 자유롭기

- 『도쿄R부동산 이렇게 일 합니다』 중

일은 물론 '인생을 어떻게 살고 싶은가'라는 관점에서도 공감 가는 내용이 많았다. 내게 일이란 돈 버는 수단 이상이다. 이익 극대화, 이윤 창출, 규모의 확장보다도, 내 소중한 시간을 들여 일하는 만큼 의미 있는 것이 중요하다. 그래서 도쿄 R부동산이 무조건 몸집을 크게 늘리는 것보다도 사회에 대한 선한 영향력을 줄 수 있는 것을 성장의 지표로 두고 있다는 말이 반가웠다. 일을 지속하기 위한 금전적 이익도 중요하지만, "세상 전체의 행복"을 기준으로 삼는 이들의 행보를 응원하고 싶다.

직장인이 지금처럼 일반적인 개념이 된 것은 그리 오래되지 않았다. 그러나 이제 학교를 졸업하고 회사에 들어가는 것이 당연하게 여겨지던 규칙이 깨지고 있다. 직장인이 디폴트로 여겨지는 세상에 균열이 생기고 있다. 모두가 아티스트가 되는 세상이 다가오고 있다.

회사를 나오니 일의 결정권이 오롯이 나에게 있어 좋다. 내가 하고 싶은 일을 하는데 다른 사람의 눈치를 보지 않아서 좋다. 회사에서 맡은 일을 책임감 있게 잘하고 있다면, 근무 시간이 아닌 시간에는 하고 싶은 일을 하는 게 나의 자유가 아닐까. 나 같은 경우 사이드 프로젝트로 뭔가를 해본 경험이 회사 일에 도움이 된 적도 많았다.

고민은 내가 나로 존재하지 않을 때 시작된다. '개인의 자아실현과 팀의 승리'는 상반되는 개념이 아니라 서로 시너지를 주고받는 지름길이다. 특히 마케팅, 콘텐츠, 창작 영역이라면 더더욱! 이 책을 쓰고 있는 작가로서의 일, 내가 하고 싶은 개인적인 일이 마케팅 일에도 도움이 되리라 믿는다.

투자자, 창업자, 스타트업 관계자와 이야기를 자주 나누다 보니 생각보다 '마케팅 프리에이전트'에 관심을 갖는 사람들이 많다는 것을 알게 되었다. 개인적인 작업을 이어가면서, 내가 존경하고 좋아하는 사람들과 팀을 이루어 일할 수 있다니, 벌써부터 기대되고 설렌다. 느슨한 연대와 가벼운 도전으로 잔잔한 물결을 일으키고 싶다. 진짜 시작이다.

13

매일이 다른 일상

회사를 그만두고 나의 매일이 달라졌다. 달라진 환경에 적응하며 혼자 보내는 시간에 익숙해졌다. 독립의 가장 큰 장점은 시간을 조율할 수 있다는 것. 점심과 오후에 약속이 잡히면 밤에 더 일하면 된다. 물론 회사를 그만둬서 쉽지 않은 일도 있지만, 나는 시간을 좀 더 자유롭게 사용하며 일하는 환경에 어울리는 사람이라는 걸 매일 확인하고 있다.

우선 회사를 다닐 때보다 '나를 위한 일'과 '나를 위해 쓰는 시간'의 비중이 높아졌다. 내가 원했던 길을 스스로 만들어가는 과정이 만족스럽다. 여러 가지 일을 동시에 하지만, 내가 정한 페이스에 맞춰 일하다보니 생산성이 더 올랐다. 회사에서 일하던 때에 비하면 일의 종류가 훨씬 다양해졌지만 우선순위에 맞춰 일정을 조율하며 쉴 때는 쉰다. 회사에 다닐 때는 한 가지 일에 집중하지 못하고 이것저것 동시에 하는 (책도 서너 권을 번갈아 읽는다) 내 모습을 고민했는데, 지금은 이런 내 모습을 받아들이고 강점으로 삼고 있다.

신기하게도 일은 많지만 몸과 마음이 단단해졌다. 일이라는 게 마감이 닥쳐오고 여러 일이 몰리는 법이라지만, 이제는 그런 압박을 받아도 나를 성장시키는 긍정적인 스트레스라는 사실을 몸과 마음이 먼저 안다. 실제로 지금 내가 하는 각각의 일들은 서로에게 좋은 에너지를 가져다준다. 내가 지금 하고 있는 일은 다음과 같다.

마케터: 장기적인 일과 단기적인 일로 나뉜다. 지속적으로 함께 일하는 회사가 있고, 단기 프로젝트나 일회성 업무가 있다. 이 사람 저 사람이 나에게 일을 '소개'해준다. 다양한 회사와 함께 일할 수 있다는 것도 장점이다.

작가: 회사를 나온 뒤 쑥쑥 자라는 정체성이다. 독립 출판 페어 〈퍼블리셔스 테이블 2020〉에 참여하기 위해 독립출판물 『융지트 루틴 모음집』을 만들었다. 처음부터 끝까지 자유롭게 내가 정한 일정과 방식으로 책을 만들 수 있다는 점에서 독립 출판은 매력적인 분야다. 내 안에 가득한 창작 욕

구를 충족시키기 위해서라도 욕심을 내고 싶다. 독립 출판을 하고 나서 나에게 일어난 긍정적인 변화도 많아서 주변 사람들에게 늘 추천한다. "너의 이야기를 책으로 써봐, 좋은 일이 생길 거야."

독립 출판을 하다보면 아무래도 독립 서점을 자주 찾아가게 된다. 누가 시키지 않아도 자신만의 이야기를 밖으로 꺼낸 결과물을 보는 재미가 쏠쏠하다. 거창한 주제가 아니어도 좋다. 어떤 이야기든 책이 될 수 있다. 나만의 독립 출판을 고민하고 만들다보면 그 과정에서 배우는 것도 많다. 그 과정과 결과가 퍼스널 브랜딩에도 도움을 주며 새로운 기회로 연결되는 것은 덤이다. 창작자이자 생산자로서 첫걸음을 떼고 싶다면 독립 출판을 권한다.

브런치brunch.co.kr 플랫폼도 뜻밖의 기회를 만들어준다. 지금까지 브런치를 통해 출간, 강연, 업무와 관련된 다양한 제안을 받았다. 카카오의 다양한 서비스에 접목된 핵심 보유 기술을 외부에 공유하고 소통하는 〈이프 카카오if kakao〉 컨퍼런스에서 평소 애정하는 브런치 작가들과 모더레이터로 대담을 진행한 일도 잊을 수 없다. 나의 질문에 고수리 작가, 김혜령 작가, 스테르담 작가가 건넨 대답은 당장이라도 밑줄을 긋고 싶을 정도로 훌륭했다. 글쓰기에 푹 빠진 사람만이 전할 수 있는 진심 어리고 따뜻한 이야기가 아직도 생생하다. 그날,

대담을 진행했던 일은 브런치에 글을 쓴 이래 가장 뿌듯했던 순간이었다.

N잡러, 다능인, 퇴사…… 브런치 글쓰기와 독립 출판 등으로 나를 기억하는 여러 곳에서 다양한 주제로 글 쓰는 기회를 주고 있다. 책은 언제나 현재진행형 프로젝트가 될 것 같다.

개인 프로젝트: 매주 '사이드 뉴스레터'를 운영하고 있다. 한 주는 가벼운 소재로, 한 주는 인터뷰로 엮고 있다. 인생을 스스로 디자인하는 주변의 다능인을 인터뷰하다보면 나도 모르게 좋은 에너지를 받는다.

'슬로우 팔레트slowpalette'라는 활동도 소개하고 싶다. 인스타그램을 통해 내가 꾸준히 모으고 있는 빈티지 물건을 소개하고 가끔 판매하는 일이다. 빈티지 물건들은 색깔이 아름다운 것이 많다. 빈티지는 자연스럽게 아날로그적 감성과 느림의 미학이 느껴져서 '슬로우', 색깔이 다양해서 '팔레트', 두 단어를 붙여서 이름을 지었다. 이름을 지으며 "아날로그로 칠하는 일상"이라는 슬로건도 자동적으로 생성되었다.

이 밖에도 피아노 연주, 칵테일 제조 등 내가 하고 싶은 일을 '개인 프로젝트'로 여기고 있다. 좋아서 꾸준히 하는 일은 마음을 관리하는 리추얼이 된다.

강연: 마케팅, 뉴스레터, 음악, 퇴사를 주제로 강연도 하고 있다. 나의 주업인 마케팅은 물론 다른 주제로 북 토크 혹은 강연을 하고 있는 내 모습에 나조차 신기할 때가 있다.

모임 진행: 회사를 다니며 종종 컨퍼런스나 대담 진행을 맡곤 했다. 회사를 나온 지금도 모임을 진행하고 있다. 2020년 여름에는 넷플릭스를 보고 이야기하는 '넷플연가'를 운영하는 '라이프 로그'의 파트너로 모임을 이끌었고, 가을부터 자아성장 큐레이션 플랫폼 '밑미meet me'에서 '리추얼 메이커'로 활동하고 있다.

2021년 1월부터는 유튜브를 보고 토론하는 '유튜브 코드'를 진행하고 있다. 독서 모임 '트레바리'에서는 내가 은진 언니라고 부르는 뮤지션 양파와 함께 공동 클럽장을 맡고 있다. 언젠가부터 말하기에도 익숙한 사람이 되었다.

융지트: 나의 공간 융지트에서도 다양한 일이 이어지고 있다. 평소 즐겨 보는 여러 매거진에서 인터뷰를 진행했고, 뮤지션 스탠딩 에그Standing Egg와 스텔라장장성은, Stella Jang은 융지트에서 라이브 콘텐츠를 찍기도 했다. 독립 영화 감독이 촬영 장소를 물색하다가 융지트를 찾아온 적도 있고, 화보 촬영을 위해 공간을 빌려주기도 했다.

이렇듯 '좋아하는 마음으로 시작'해 '경험으로 쌓인 일'이 여러 갈래로 뻗어나가며 연결되고 열매를 맺었다. '이런 것도 할 수 있구나, 이렇게 연결될 수 있구나'를 실감하며 나의 영역을 넓혀가고 있다. 마케터, 작가, 카카오 브런치, 음악, 퇴사, 여행, 융지트, 독립, 사이드 프로젝트, 다능인…… 다양한 키워드가 나를 소개하는 수식어로 붙기 시작했다. '퍼스널 브랜딩'을 의도한 적이 없었지만 여러 경로로 나를 아는 사람들이 늘어났다.

글로 정리하고 나니 빠르게 독립한 것처럼 보이겠지만 여기까지 오는 데는 오랜 시간이 걸렸다. 하고 싶은 일이 많은 나, 시간을 좀 더 자유롭게 쓰는 나, 그러면서도 돈도 잘 벌고 싶은 나. 퇴사와 도전을 반복하며 내 고민의 방향은 오래전부터 '지금 이곳'을 향해 있었다. 그 시간들이 모여 이제야 겨우 방법을 찾은 셈이다. 프리에이전트 시장에 안착하기까지는 여러 우여곡절과 시행착오가 있었음은 물론이다.

그런 점에서 『독립은 여행』을 펴낸 지금은 내가 알고 경험한 것들을 바탕 삼아 한 걸음 더 나아가는 시기라고 할 수 있다. 부지런히 공부하고 성장해야지. 나의 한계를 미리 설정하지 말고 계속 걸어가야지.

매일이 다른 일상

가을. 홀로서는 자립

#14

나와의 시간을 즐깁니다

리추얼: 세상의 방해로부터 나를 지키는 혼자만의 의식

- 메이슨 커리

　나만큼 계획 세우는 것을 싫어하는 사람이 있을까. 나는 일정이 빽빽하게 차 있으면 스트레스를 받는다. 여행을 갈 때도 비행기와 숙소만 예약하고 다른 부분은 신경 쓰지 않는다. 누군가 계획을 세우려고 하면 "그냥 되는대로 하자"라는 성의 없는 답변을 건네기 일쑤였다.

　우연과 즉흥성이 가져오는 뜻밖의 선물을 좋아해서일까. 여백 없이 모든 것이 정해진 상황은 답답하기만 하다. 그런 내가 독립하여 나만의 공간을 꾸리며 계획의 가치를 알게 되었다.

새해를 맞아 3개월 안에 이루고 싶은 일, 1년 안에 이루고 싶은 일, 계속할 일, 그리고 앞으로 더 하고 싶은 일을 정리했다. '내가 되고 싶은 나'를 그리며 적는 일은 그 자체만으로도 힘을 가져다주었다. 하고 싶은 일을 써보는 것도 일종의 계획인데, 그동안 왜 그렇게 '계획 알레르기'에 걸린 것처럼 행동했을까 돌아보았다.

흘러가는 일상을 있는 그대로 받아들이고 즐기는 것도 좋지만, 미래를 그리고 꿈꾸는 행위는 분명 아름답다. 미래를 계획하는 것은 인간이 누리는 특권이다. 실패의 아픔을 겪은 사람이 다시 계획을 세우는 모습에서는 강인함이 느껴진다. 다시 일어설 수 있다는 믿음이 그려진다.

융지트에서 시간을 보내며 반복적으로 하는 일이 늘어났다. 아침 리추얼, 식물 키우기, 음악 듣기, 꽃시장 가기, 피아노 연주, 칵테일 만들기, 달리기. 그냥 좋아서 꾸준히 하고 있는 일들이 나를 더 단단하게 만들어주는 '루틴'이자 '리추얼'이다. 그러고는 알았다. 나는 유연함과 여백을 필요로 하는 것일 뿐 반복과 계획을 싫어하는 사람이 아니라는 사실을.

사람들은 흔히 여행을 통해 자기 자신을 만났다는 고백을 한다. 나 역시 그런 경험이 있지만, 독립 후 '집콕' 생활을 통해 여행 같은 특별한 순간이 아니어도 매일 반복되는 루틴을 통해 자신을 잘 알게 된다는 것을 알았다. 나에겐 식물 키우기가 대표적이다. 이른바 나는 '식물 똥손'이었다. 외출했다가 예뻐서 집으로 데려온 아이들마다 시들거나 죽어서 미안했던 적이 한두 번이 아니다. 그런데 융지트에서 초록이를 하나둘 입양하고 정성을 쏟다보니 내가 식물을 잘 기르지 못했던 게 아니었음을 알았다. 그동안 식물이 자라기 좋은 환경이 아니었을 뿐, 회사에 다니며 시간이 부족하다는 핑계를 대며 신경을 쓰지 못했을 뿐임을 깨달았다.

융지트에서 나는 날마다 식물을 확인한다. 상태가 심상치 않으면 검색해서 그에 맞는 조치를 취한다. 화분으로 물이 빠질 때까지 물을 흠뻑 주고 분갈이를 한다. 풀이 죽은 식물이 다시 기운을 차리고, 새싹이 돋아나고 무럭무럭 자라면 그렇게 기쁠 수 없다. 초보 주인의 어수룩함에도 잘 자라주는 초록이들이 귀엽고 기특하다.

주말 아침, 음악을 크게 틀고 식물들을 샤워시켜주는 시간을 사랑한다. 분무기로 물을 뿌리는 시간도 좋다. 나의 공간이 싱그럽고 좋은 에너지로 채워진 건 식물이 주는 절대적인 힘 덕분이다. 나와 식물은 대화는 못해도 마음을 주고받는다. 초록이들은 융지트에 존재하는 다양한 색깔을 하나의 분위기로 잡아준다.

하나둘 입양하던 식물이 어느덧 40가지가 넘어섰다. 하지

만 무리하지 않고 천천히 늘려서인지 부담스럽지 않다. 오히려 잘 아껴줄 수 있다는 자신감이 붙었다. 내가 잘 키우는 식물이 어떤 것인지, 나와 잘 맞는 식물이 무엇인지도 알게 되었다(나는 공기 정화 식물을 좋아하고 잘 키운다). 융지트의 식물은 나와 함께 음악을 좋아할 거라는 상상을 해본다. 천장에 달린 환풍기 바람에 초록이들이 흔들릴 때마다 나처럼 음악에 반응하는 건 아닌지 신기하고 귀엽다.

식물 키우기와 더불어 꽃에도 취미가 생겼다. 집 앞 지하철역에 작은 꽃집이 생긴 덕분이다. 꽃병에 꽂기 좋은 다양한 꽃이 위아래로 진열되어 있는 꽃집을 그냥 지나치기 어렵다. 꽃 없이 잎만 달리면 천 원, 들꽃이나 국화는 2-3천 원, 카라처럼 얼굴이 큰 꽃은 4천 원 정도로 꽃시장에 버금갈 정도로 가격도 착하다.

배스킨라빈스에서 어떤 아이스크림을 먹을까 고민하듯, 집으로 돌아오는 길에 꽃집에 들러 알록달록한 선택지 앞에서 고민하는 시간이 좋다. 내가 원하는 대로 꽃을 고르고 조합한다. 어떨 때는 단숨에 고르지만, 어떨 때는 10분 넘게 고민한다. 자주 가다보니 아예 멤버십을 신청했다. 5만 원씩 충전해두고 내 번호를 대면 사장님이 알아서 차감해주신다. 가격이 워낙 싸서 어떻게 조합해도 1만 원이면 풍성한 꽃다발이 완성된다. 꽃을 고르고, 완성된 꽃다발을 들고 오고, 꽃병에 꽃을 꽂고, 햇살에 꽃이 존재감을 드러내고…… 이토록 작고 쉬운 행복을 발견했다.

나만의 작은 낭만은 턴테이블에 LP를 올리는 것으로 이어진다. LP를 듣기 위한 느리고 번거로운 과정을 사랑한다. 스마트폰은 편하지만 시간을 삭제하는 느낌인데, 아날로그는 조금 불편해도 시간에 머무르고, 시간을 느끼게 해준다. 그중에서도 LP는 매장에서 디깅하는 순간부터 집에서 들을 때까지 모든 과정에 작은 행복이 가득하다.

융지트로 들어온 뒤로 꾸준히 피아노를 치고 있다. 연주는 〈시간을 달리는 소녀〉 OST 중 〈변하지 않는 것〉으로 시작했다. 이곡을 치고 싶었던 이유가 당시에 내가 아끼는 것들이 더 이상 '변하지 않았으면' 하는 마음이 반영된 것인지, 이 애니메이션을 유난히 좋아해서였는지, 그냥 음악이 좋아서였는지는 기억나지 않는다. 대회에 나갈 것도 아니고 공연을 할 것도 아니니까. 그냥 재미있어서, 치고 싶어서 계속 연습한다. 아직 초보인 나에게 조금 어려운 곡에 도전하는 재미가 있다. 어느 날 '되는' 순간이 오면 그렇게 신날 수가 없다. 악기를 배우고 연습하는 것은 그 자체로 리추얼이다. 그 순간에 몰입하게 되니까.

칵테일 만들기도 융지트가 만들어준 새로운 습관이다. 바텐더들이 칵테일을 만들며 셰이커를 잡고 위아래로 쉐이킹하는 것이 멋져 보여서 대학 시절부터 배우고 싶었는데, 융지트로 오면서 마음먹고 칵테일 키트를 샀다. 그날 이후, 친구들이 놀러 오거나 가끔 혼술이 그리우면 칵테일을 만든다.

칵테일을 만들면 부엌이 '융바'로 변신한다. 혼자 만들어 마실 때도 누군가를 위해 만들어줄 때도 즐거운, 나만의 작은 사치다.

칵테일을 직접 만들어 마시면서부터 또 다른 재미가 생겼다. 바에 가면 바텐더의 손동작과 태도를 유심히 살핀다. 프로 바텐더는 단 한 잔을 만들어도 정성을 들인다. 술을 조합하는 과정도 물 흐르듯 자연스럽다. 칵테일에 과일을 넣거나 민트 잎을 넣는 그 짧은 시간에 집중하는 모습도 인상적이다. 이전까지는 보이지 않았던 디테일이 보이자 칵테일을 애정을 담아 만드는 곳과 대충 만드는 곳을 구분할 수 있게 됐다. 당연히 좋은 바텐더가 만들어주는 술이 더 맛있게 느껴지고 그에게 고마운 마음이 든다.

이렇듯 꼭 매일 하지 않아도 1-2주에 한 번씩 꾸준히 하는 일도 리추얼이 될 수 있다. 루틴과 리추얼의 차이는 단순하다. 반복적으로 하는 루틴을 조금 더 나를 위해서 의식적으로 신경 써서 하면 나를 나답게 만드는 리추얼이 된다.

마케팅과 글쓰기가 일이라면 피아노, 달리기, 요리, 음악은 쉼이다. 일과 쉼을 반복하며 내 페이스를 찾는다. 더는 몰입이 되지 않으면 잠시 쉬며 에너지를 충전한다. 그리고 다시 일로 돌아오면 꽂히는 순간이 찾아온다. 효율과 집중력이 확 오르는 시간에 여러 일을 처리한다.

리추얼은 에너지를 채우는 시간이기도 하다. 손발을 움직이며 무언가를 하고 있지만 에너지를 쓴다는 느낌이 들지 않는다. 아무것도 하지 않는 쉼도 있지만, 뭔가를 하면서도 마음을 보살피고 충전하는 '쉼'도 있는 법이다. 리추얼은 몸과 마음의 체력을 길러준다.

나에게 좋다는 건 알지만 억지로 할 수밖에 없는 일은 스트레스로 끝나게 마련이다. 나는 무엇을 할 때 즐거운가. 그것을 포착해 계속하는 것. 그 작은 실천이 리추얼의 시작이다.

'나'와 보내는 시간을 즐겨보길 바란다. 마음에 물을 주는 시간. 그 시간이 쌓이면 마음에 근육이 붙는다. 푸릇푸릇해진다.

15

천천히 달리는 연습

융지트를 나서면 한강 산책로로 이어진다. 융지트가 들어 있는 건물 옆에는 도서관이 있는데, 그 앞에서 따릉이를 빌린다. 지하철역에 갈 때마다 나는 자전거를 이용한다. 가끔 미니 스피커를 들고 나와 음악을 틀고 자전거를 타고 구리 한강시민공원까지 달린다.

"아직 남아 있을까 너의 기억 속에 희미해진 나~" 바이 바이 배드맨Bye Bye Badman의 〈너의 파도〉를 흥얼거리며 언덕 아래로 질주할 때면 독립 영화 속에 들어온 것 같다. 음악은 일상의 한 장면을 영화로 바꾼다. 음악이 깔려 있는 광경은 평범한 일상이라 하기에는 지나치게 아름답다.

오른쪽으로는 반짝거리는 한강이 길게 뻗어 있고, 왼쪽에는 산들거리는 나무와 꽃들이 보인다. 계절마다 자연은 다른 빛으로 물든다. 밤에 라이딩을 할 때는 공원에 도착해 따릉이를 세우고 벤치에 누워 하늘을 바라본다. 맑은 날에는 화성, 목성, 토성이 보인다. 화성은 붉은색으로 빛나고, 목성과 토성은 큰 별과 작은 별 두 개가 가까이 붙어 있다. 태양계 행성들이 나에게 좋은 에너지를 보내는 거라고 상상하며 빙긋 웃는다. 기분이 꿀꿀한 날 자전거를 타고 달리면 몸과 마음이 한결 가벼워진다.

가을부터는 달리기를 시작했다. 장마가 끝나고 유난히 맑고 파란 하늘이 마음을 시원하게 물들일 때였다. 덥지도 춥지도 않은 날씨가 이제 뜀박질해야 할 때라고 속삭이는 것 같았다.

학교에 다닐 때 단거리는 제법 잘 달리는 편에 속했다. 이어달리기를 할 때면 두세 번째 주자로 당당히 뽑히곤 했다. 하지만 장거리는 약해서, 처음에는 신나게 뛰다가 금세 지치기 일쑤였다. 사회로 나온 이후에 달린 적은 거의 없었다. 언젠가 호흡이 가빠질 때까지 무리해서 뛴 다음날, 온몸에 골병이 들어 '나는 달리기를 못한다'고 단정 지었기 때문이다.

하지만 융지트에 살고부터 한강 공원을 달리며 조금씩 멀리까지 뛸 수 있게 되었다. 달리기에도 요령이 있음을 꾸준히 달리며 몸으로 깨쳤다. 자타공인 러너인 친구에게 "나는 달리

기를 못해"라고 얘기하자 달리기는 금세 는다며 몇 가지 미션을 줬다. 쉬지 않고 3킬로미터 달리기, 쉬지 않고 3킬로미터씩 두 번 나눠서 달리기, 쉬지 않고 6킬로미터 달리기.

며칠을 고민하다 달리기로 했다. 집 밖을 나서면 한강인데 손해 볼 게 없었다. 때마침 내가 자주 신고 다니는 운동화는 예쁘다는 이유로 구매한 러닝화였다. 머뭇거릴 필요가 없었다. 운동복을 입고 밖으로 나섰다. 에어팟을 끼고, 나이키 런 클럽 앱을 켜서 '첫 러닝 코칭'을 받으며 3킬로미터를 달렸다. 나에게 편안한 속도로, 느리게 달렸다.

거의 10년 만에 하는 달리기였다. 3킬로미터를 달리고 벤치에 앉아 한강과 우뚝 선 롯데 타워를 바라보았다. 긍정적인 에너지가 반짝반짝 샘솟는 게 느껴졌다. 달리기는 자전거 타기와는 또 다른 매력이 있었다.

달리기를 시작하며 내 속도를 지키는 것의 중요성을 깨달았다. 지쳐서 포기하지 않고 끝까지 달리려면 자기만의 페이스를 알아야 한다. 무라카미 하루키와 러너들이 달리기를 인생에 비유한 이유를 어렴풋이 알아차렸다. 러너들이 왜 그렇게 달리기에 빠져드는지, 그들이 왜 건강하고 단단하게 보이는지를 느꼈다.

달리기에 조금씩 재미를 붙였다. 일주일에 12킬로미터에서 20킬로미터씩 꾸준히 달렸다. 속도와 거리에 연연하지 않고, 내 속도로 내가 할 수 있는 만큼 달렸다. 그래도 자연스럽게 기록이 좋아졌다.

별도의 장비 없이 가볍게 할 수 있다는 점, 혼자서 할 수 있다는 점도 마음에 들었다. 시작도 내 마음, 어떤 경로로 얼마만큼의 속도로 달리는지도 내 마음. 너무 힘들면 돌아오면 되고, 쉬는 것도 내 마음. 요가와 달리기 같은, 혼자여도 충분한 운동이 참 좋다.

제법 멀리까지 갔다가 땀을 쫙 빼고 돌아오는 날이면 편의점을 찾아 오비 라거 캔 맥주를 산다. 달리기가 막바지에 다다르면 자연스레 맥주가 떠오른다. 집 앞 계단에 앉아 음악을 느린 템포로 변경하고, 방금 산 시원한 캔 맥주를 벌컥벌컥 마신다. 캬~ 이 맛이지! 한강을 바라보고 맥주를 마시며 생각한다. 혼자여도 나쁘지 않네.

천선란 작가의 『천 개의 파랑』이 떠오른다. 생각이 가득해 쉬고 싶을 때마다 나는 소설 속으로 도피한다. 세상의 중심에서 벗어난 소외된 캐릭터들을 이야기 한복판으로 옮겨온 소설을 탐닉했다. 망가지고 다친 작은 존재, 하지만 꿋꿋함을 잃지 않은 존재에 깊이 빠졌다.

하늘을 보기 좋아하는 로봇 콜리와 다리를 다쳐 뛸 수 없

는 경주마 투데이. 한 사람의 부재로 지워지지 않는 슬픔을 지니게 된 가족(연재, 은혜, 보경). 저마다 상처를 지닌 캐릭터들의 일상이 서로 다른 이야기로 시작해서 로봇 콜리를 거쳐 한곳으로 모였다. 경주마 투데이가 느리게 뛰는 연습을 하는 시점부터는 두세 페이지마다 책 모서리를 접어야 했다. 로봇이지만 누구보다도 마음이 따뜻한 콜리가 내뱉은 말은 투명한 바늘처럼 내 마음에 감동과 반성이라는 두 감정을 번갈아 찔렀다.

누군가는 눈 하나 깜짝하지 않고 내리는 결정이 누군가에겐 인생의 가장 소중한 것이 송두리째 사라지는 순간일 수 있다. 돌이킬 수 없는 결정은 거대한 시스템 속에서 너무 당연한 듯 기계처럼 일어난다. 자연을 없애고, 공장을 돌리고, 불필요한 생산을 하고, 동물을 죽이고……. 인간에게 쓰임을 찾지 못한 것들은 아주 쉽게, 아무렇지 않게 죽어나가고 버려진다.

빨리빨리. 앞만 보고 달리느라 우리가 놓친 것은 무엇일까. 지금 당장 편리하다는 이유로 미래를 생각하지 않는 인간이라는 존재. 다행히 인간의 과오를 반성하는 움직임이 일고 있다. 우리가 할 수 있는 일은 무엇일까. 효율과 속도라는 함정에 갇혀 여전히 외면하고 있는 건 무엇일까. 『천 개의 파랑』은 우리에게 여러 고민거리를 안겨주는 섬세하고 아름다운 소설이다. 소설을 잉태한 작가의 메모를 기억한다.

"우리는 모두 천천히 달리는 연습을 해야 한다."

천천히 달리는 연습. 달리기를 시작하면서 다짐했던 문장을 소설에서 다시 만났다. 소설 속 문장은 새로운 방식으로 일을 시작하던 나의 상태와도 연결되었다. 여러 일을 한꺼번에 시작해 회사에 다닐 때보다 더 바빠진 나는 점점 자는 시간이 흐트러지고 있었다. 때로는 나를 지키기 위해 거절하는 연습도 필요했다. 처음부터 너무 빠르게 달리기보다는, 지치지 않기 위해 속도를 조절할 필요가 있었다.

'더 건강하고 행복한 나'를 위해서 독립을 선택한 것이니 무엇이든 서두르고 싶지 않다. 마음이 조급해져서 나답지 않은 결정을 내리고 싶지 않다. 일이 아무리 바빠져도 주변을 둘러보고, 사랑하는 사람들과의 시간, 나 혼자와의 시간을 즐길 수 있는 여유를 지켜내고 싶다. 말처럼 쉬운 일은 아니겠지만 내게 편안한 페이스를 찾고, 그 속도를 지키기로 다짐한다.

남들보다 조금 더딜 수도 있다. 하지만 나는 알고 있다.
느리게 달리는 것이 결국 더 빠르다는 사실을.

16

버리고 또 버렸다

여름 예정이던 엄마의 이사가 가을로 미뤄졌다. 15년 가까이 살았던 정든 집과 작별하는 시간을 늦출 수 있어서 다행이었다. 그러나 시간은 속절없이 흘러 새로 결정된 이사 날짜인 10월 21일이 금세 코앞으로 다가왔다. 언젠가 안녕일 줄 알고 있었지만, 막상 끝이라고 생각하니 코끝이 찡했다.

얼마 남지 않은 가구를 분해하고 쓰레기를 마저 버렸다. 밤늦게까지 정리하느라 서글플 새가 없었을까. 별생각 없이 엄마의 이사를 준비하고 융지트로 돌아와 일기를 쓰는데……
눈물이 났다.

작은 내 방을 사랑했다. 침대 머리맡에 놓인 스피커로 음악을 틀고, 침대에 앉아 창틀에 노트북을 두고 창밖을 보며 글 쓰는 일을 좋아했다. 네 평 정도 되는 작은 방은 융지트보다 좁고 허름했지만 그 어느 곳보다 포근했다.

창문 밖으로는 수풀이 가득한 언덕이 보였다. 침대에 앉아 창문 커튼을 올리면 온통 초록이었다. 아차산 산책로로 이어지는 골목에 위치해 있어서 공기도 좋았다. 이름 모를 새와 고양이가 언덕에 놀러 왔다. 재잘대는 새소리가 들려 창문을 열면 나뭇가지마다 새들이 앉아 있었다. 해마다 봄이 오면 제비가 찾아왔고, 도시에서는 보기 힘든 파란 빛깔의 새를 발견한 적도 있었다.

시간이 멈춘 듯한 동네 골목에는 길고양이들이 어슬렁어슬렁 걸어 다녔다. 사이좋은 이웃들은 빌라 앞에 고양이가 쉴 공간을 마련해주고 깨끗한 물을 채워놓았다. 그 덕분에 내 방 뒤편의 언덕에는 늘 고양이들이 노닐었다. 몸을 숨기기에 풀숲이 딱이었을 것이다. 엄마 고양이가 아기 고양이 세 마리를 데리고 온 날에는 창문을 열고 히사이시 조의 음악을 들려주었다. 창문을 열고 고양이를 관찰하는 것이 즐거웠다.

동네의 왕초 고양이가 다른 고양이와 싸우는 모습도 봤다. 이야아아아옹! 야옹~ 조금은 다른 울음소리가 나서 창문을 열어보니 흥미로운 장면이 펼쳐졌다. 카리스마가 줄줄 흐르는 주황색 왕초 고양이와 동네에 새로 나타난 검은 고양이가 언덕 끝 벽돌 벽에서 1미터 남짓 떨어진 채로 서로를 주시하고 있었다. 두 녀석은 몸을 부풀린 채로 번갈아 '야옹'을 반복했다. 싸우려면 확 싸울 것이지 언제까지 저렇게? 혼자서 킥킥거렸다. 드디어(?) 왕초 고양이가 한 대 때리려고 다가가자 검은 고양이는 겁을 먹고 줄행랑쳤다. 그날 이후, 길에서 마주친 주황 고양이는 유난히 위풍당당해 보였다.

거실에 모닥불을 피우는 난로가 있다는 점도 우리 집의 특징이었다. 통나무 조각으로 불을 피우고 엄마, 동생과 마시멜로를 구워 먹는 재미가 쏠쏠했다. 토요일 점심이면 식구들이 한자리에 모여 밥을 먹었다. 거실에 놓인 TV 앞에서 엄마가 깎아준 과일을 먹으며 오디션 프로그램과 드라마를 보며 이러쿵저러쿵 수다를 떨었다. 일요일 아침에는 소파에 누워 〈서프라이즈〉를 시청했다. 동생과 신나게 우스꽝스러운 춤을 춘 것도 이곳이었다.

아빠, 엄마, 동생 지윤. 우리 네 식구가 가장 오랫동안 산 집이었다. 아빠가 세상을 떠나고, 지윤이가 결혼하고, 엄마와 둘이서 2년 동안 함께한 집이었다. 우리 가족이 함께한 세월이 차곡차곡 쌓여 있는 집. 미국에서 공부하고 돌아온 후에도, 여행을 다녀온 후에도 언제든지 돌아갈 수 있는 공간이었다. 그런 우리 집이 내일부터는 더 이상 우리 집이 아니라는 사실이 믿기지 않았다.

짐을 정리하는 내내 지나간 추억이 물밀듯이 쏟아졌다. 유치원에서 그렸던 그림, 생활기록부, 친구들과 주고받은 편지, 교환 일기, 고등학생 시절 사진, 어릴 적 모았던 스티커……. 이 집이 만들어준 소중했던 물건과 지나간 인연, 그리고 인생의 흔적이 고스란히 담겨 있었다. 생활기록부에 적힌 말과 어릴 적 일기를 보며 깔깔거렸다. 소중한 사람들이 보내온 편지를 다시 읽고, 사진을 들추자 세월이 느껴졌다. 그 시간만큼 나도 많이 바뀌었겠지만 여전히 그대로인 모습도 있어서 신기했다.

오래 묵혀두었던 추억의 물건을 버리고 또 버렸다. 차마 버릴 수 없는 것은 종이 상자에 옮겨 담았다. 마지막으로 아빠가 생전에 아꼈던 다락방에 올라갔다. 아빠의 짐은 많지 않았다. 담배 몇 갑, 무협지와 몇 권의 시집, 아끼던 모자, 넥타이……. 아빠가 모아둔 내 상장과 졸업장을 발견한 순간 가슴이 먹먹했다. 아빠가 남긴 소박한 짐에서 나는 제법 큰 부분을 차지하고 있었다.

'당근마켓'에 쓸 만한 가구와 물건을 거래하고 남은 것들을 종량제 봉투에 담아 버릴 때는 몰랐다. 우리 가족의 이야기로 가득했던 집이 점점 비어가자 '안녕'이라는 말이 실감났다. 엄마가 이사 가던 날, 우리 집은 이제 공간의 구조로만 남았다.

버리고 또 버렸다

이삿짐센터 아저씨가 마지막 짐을 옮길 때 엄마와 나는 집 밖에 앉아 대화를 나눴다. 엄마는 이 집에 마지막 인사를 전했다며 눈물을 훔쳤다. 집에게 인사했다는 말이 아빠에게 인사했다는 말처럼 들렸다. 그날 엄마가 남긴 말이 전날 밤 내가 일기장에 쓴 것과 똑같아 더 눈물이 났다.

— 인생의 한 장이 끝난 것 같아.

엄마는 나보다 더 긴 인생의 장chapter을 마무리하는 것이 었을 테다. 엄마의 입장을 전부 이해할 수는 없겠지만 뭉클해지는 것은 어쩔 수 없었다. 동시에 끝은 또 다른 시작을 선물해준다는 평범한 사실에 위로가 되었다.

텅 빈 집에 들어가 마지막으로 집 곳곳을 걸어 다니며 사진을 찍었다. 15년 가까이 우리의 보금자리였던 곳. 유난히 정들고 사랑했던 '우리 집'에 '고마웠다'고 마지막 인사를 건넸다.

작은 내가 꿈꾸며 자랐던 소중한 집. 우리 가족의 희로애락이 고스란히 펼쳐졌던 집. 비록 영원할 것 같던 공간은 끝났지만, 내가 사랑했던 나의 방과 우리 가족의 모습은 마음속에 생생히 살아 있다.

버리고 또 버렸다

17

독립의 비용

대학을 졸업하고 뉴욕에 있는 광고 회사에 입사하며 처음으로 경제적으로 자립했다. 이미 그전까지 가족들로부터 넘치는 도움을 받아 언젠가 내가 받은 사랑을 갚으려면 열심히 일해야 한다는 생각이 있었다. 하지만 뉴욕은 워낙 물가가 비싸서 첫 월급으로 월세를 내기도 빠듯했다. 돈을 아끼기 위해 웬만하면 밥은 집에서 해 먹었다. 월급에서 월세 등 필요한 고정비를 빼고 한 달에 쓸 수 있는 금액을 정해두었다. 그 금액이 남으면 차곡차곡 모아두었다가 한 번씩 나를 위한 선물을 샀다.

원룸형 스튜디오에서 룸메 한 명과 같이 살았지만 그래도 한 달에 900불을 내야 했다. 그 스튜디오는 융지트와 비슷했

다. 원룸이지만 15평 정도로 넓었고, 창밖으로는 동강east river
이 보였다. 아침에 일어나면 가장 먼저 창문의 블라인드를 걷
었다. 반짝이는 강과 다리가 보이면 기분이 좋았다. 융지트를
구할 때 커다란 창문을 원했던 것은, 이때의 기억 때문도 있
다. 한 달에 900불을 내도 하나도 아깝지 않았다. 룸메와도
서로를 배려하며 지내 불편함이 없었고, 그 집에 있는 동안
은 매일이 행복했다.

스튜디오의 계약이 만료된 후, 마음에 드는 집을 찾지 못
한 나는 몇 달간 임시로 지낼 집을 구했다. 거실에서 사는 주
인이 내놓은 방 한 칸을 얻어 돈을 아꼈다. 그때 내게 가장
중요한 것은 금액이었다. 임시로 지낼 곳이니 몸을 누일 곳만
있으면 된다는 생각이었다. 그 집에서 지낸 지 일주일도 지나
지 않아 그 결정을 후회했다. 집에서 잠만 자면 된다는 생각
은 아주 큰 착각이었다.

그 방은 창문이 없어 빛이 전혀 들어오지 않았다. 죽은 공
간 같았다. 문을 닫으면 새카만 밤처럼 어두컴컴했다. 아무리
맑고 화창한 날이어도 그랬다. 형광등을 켜지 않으면 생활할
수가 없었다. 창문이 커다란 스튜디오에서 살 때는 집에 들어
가는 길이 즐거웠는데, 이곳에 사는 동안은 집에 가는 게 싫
었다. 피하고 싶을 정도로 싫었다.

집주인이 거실에 살고 있어서 요리하기도 불편했다. 매일

독
립
의
비
용

191

밥을 밖에서 사 먹고 어두워지기 전까지 목적 없이 밖을 떠돌아다니는 시간이 이어졌다. 동강이 보이던 스튜디오는 나의 집이었지만, 이곳은 집이라 부를 수 없었다.

몸과 마음을 쉬게 해줄 곳이 사라지자 건강이 급속도로 악화되었다. 마음에 여유가 사라지고 점점 우울해졌다. 몸이 아파 병원에 갔더니 비타민 D가 터무니없이 부족하다는 진찰을 받았다. 햇볕을 쬐기만 해도 생기는 게 비타민 D인데…… 체력이 약해진 이유가 '햇빛을 받지 못해서'라는 게 어이가 없었다. 그래서 그 어두운 방이 괜히 더 미웠다.

집은 절대 잠만 자는 곳이 아니다. 아무리 임시로 지내는 공간일지라도, 매일 지내는 집은 몸, 마음, 일상, 모든 면에 영향을 끼쳤다. 아픈 나를 보며 엄마는 속상해하며 한국으로 돌아오라고 했다. 뉴욕 광고 회사는 분명히 좋은 기회였지만, 1년을 일한 시점에 나는 비자를 연장하지 않고 한국으로 돌아왔다. 몸과 마음의 건강이 안 좋아진 것이 오히려 결정을 쉽게 도와주었다.

그때 다짐했다. 집에는 돈을 아끼지 말자. 내 능력 밖에 있는 공간을 무리해서 구하자는 게 아니라 돈을 아껴야 할 곳이 있다면 집이 아닌 다른 곳에서 아끼자는 생각이 강해졌다. 집은 편안히 쉴 수 있는 보금자리를 넘어 진정한 자신을 만날 수 있는 곳이다. 내 취향과 이야기가 담긴 집 안의 여러 재료로부터 나 자신을 다시 확인하고 에너지를 얻는다. 집은 일상의 기반이다. 집이 바뀌면 나를 둘러싼 모든 것이 바뀐다. 안 좋은 집과 좋은 집을 겪으면서 집의 진짜 의미를 알게 되었다.

한국에 가족들이 있는 집으로 돌아오니 더 이상 집의 비용을 고민할 필요가 없어 좋았다. 매일 엄마가 차려준 밥을 먹을 수 있는 것도 행복했다. 집에 늦게 들어오는 날이면, 잠도 안 자고 밤늦게까지 나를 기다린 엄마에게 멋쩍은 심술을 부리며 혼자여서 자유롭던 때를 그리워하기도 했지만, 가족들과 함께 사는 집은 편하고 따뜻했다. 안전하고 안정적이었다. 그 생활에 다시 익숙해졌다가 다시 융지트로 독립하기까지 거의 10년이란 시간이 흘렀다.

이제는 엄마도 혼자 살 집으로 이사를 가고 나니 더 본격적인 독립의 느낌이 난다. 내가 나에게 의지하고, 혼자 나를 책임져야 했던 뉴욕에서의 생활이 떠오른다. 10년 전과 똑같이 독립했지만, 지금의 나는 그 시절의 나보다 건강하고 단단해졌다. 10년 전의 나는 내면의 기준이 확고하지 않아 자주 흔들렸다. 자신감이 없었고, 자존감이 낮았다. 지금은 나 자신을 더 잘 챙길 수 있는 몸과 마음의 여유가 생겼다. 나름의 방황기를 겪으며 스스로를 사랑해주는 방법을 체득했다.

독립과 자유는 이상적으로 들리지만 현실에 더 가깝다. '이렇게 살고 싶다'라는 열망 뒤에는 각종 비용과 자신을 책임져야 하는 현실이 뒤따른다. 독립을 하면 어쩔 수 없이 비용 지출이 늘어난다. 그 비용을 해결하면서 분명한 자기 의지에 따라 나를 위한 환경을 주체적으로 선택할 수 있을 때, 진정한 자립을 이룰 수 있다.

융지트는 다행히 내 능력으로 충분히 감당할 수 있는 공간이다. 전세 대란이 일어나기 전에 1억 후반대로 전세 자금 대출을 받아 계약을 마무리했다. 관리비와 대출 이자를 포함해 한 달에 50만 원 정도를 낸다. 내가 융지트에서 받는 에너지와 행복 대비 얼마든지 투자할 수 있는 금액이다.

회사에서 독립한 이후에는 국민연금과 국민건강 보험료도 직접 내고 있다. 10년째 하고 있는 유니세프와 굿네이버스 정기후원, 대출비, 보험료, 통신 요금 등을 포함해 달마다 40~50만 원 정도가 추가로 나간다. 총 100만 원 정도가 고정 비용으로 매달 나가고 있다. 독립의 비용은 싸지 않지만 그 대가로 얻어낸 자유가 주는 만족감이 훨씬 더 크다. 언젠가 상황이 바뀔 수도 있다는 가변성이 있지만, 어떤 일이 일어나든 내가 나 하나쯤은 책임지고 먹여 살릴 수 있다는 확신이 있어 괜찮다.

내가 지금 크게 불안하지 않을 수 있는 이유는 이미 이전에 많이 불안해봤기 때문이다. 나를 마주했던 시간을 거쳐 나만의 기준이 확고해졌다. 예전보다 여유가 생겨 선택의 폭이 늘어났고, 스스로를 더 잘 알게 되었기에 순간순간 나다운 결정을 내릴 수 있다. 무언가를 하고 후회하는 것보다 생각만 하고 아무 일도 일어나지 않는 상태가 나를 더 두렵게 만든다. 그래서 불안함이 찾아오면 선택을 위한 교차로에 왔다는 힌트로 삼는다. 그리고 일단 해본다. 아닌 것 같으면 다시 방향을 틀면 되니까.

독립은 실전이다. 누군가에게는 필요한 것이지만, 누군가에게는 피하고 싶은 것일 수도 있다. 본격적인 '독립'을 결심하기 전에 자신을 알아가는 시간을 갖는 것이 좋다. 구체적인 계획까지는 아니더라도 내게 중요한 우선순위를 먼저 파악하고 있으면 선택의 순간에 더 나다운 결정을 내릴 수 있다.

꼭 당장 집과 회사를 박차고 나와서 모든 것을 처음 시작할 필요는 없다. 내게 맞는 균형을 찾는 것이 중요하다. 가족들과 함께 지내면서 내 방을 먼저 꾸밀 수도 있고, 회사를 다니면서 독립 출판물을 만들어보거나 주말에 개인 프로젝트를 시작할 수도 있다. 그래도 도전해보고 싶고, 자유를 향한 갈증이 크다면, 안정적인 환경에서 독립하기 전에 '전세 자금 대출'처럼 내가 받을 수 있는 혜택을 미리 확인해보면 좋다. 독립을 하면 눈에 보이지 않는 여러 일을 내가 처리해야 하는 게 현실이다. 독립이 지속 가능하기 위해서는 그만큼 능력이 있어야 하고, 부지런해야 한다.

회사를 다니면서 내가 해보고 싶은 일을 병행하고, 부업이 본업의 수익을 넘어 그만둘 수 있다면 가장 이상적일 것이다. 하지만 나의 경우에는 꼭 그렇게 되지는 않았다. 부업이 본업의 수익을 넘지 않았지만, 시간을 더 자유롭게 쓰고 싶다는 열망이 커져 그냥 용기를 냈다. 내가 나를 잘 알았기에 가능한 일이었다. 모험을 하고 싶다는 내 우선순위를 잘 알고 있었기 때문에 용기를 낼 수 있었다.

시도해보기 전까지는 모르는 것들이 있다. 현재의 환경에서 시간이 아깝다고 느껴지면, 변화가 필요하다는 명확한 증거다. 가끔은 그냥 용기를 내야 한다. 내게는 『퇴사는 여행』이라는 이야기가 생긴 것처럼, 그 방황하는 과정 또한 새로운 길을 열어줄 수 있다.

돈과 시간을 어떻게 쓸 것인가는 우리의 선택에 달려 있다. 현명한 선택을 내리기 위해서는 자신의 우선순위를 잘 파악해보는 것이 중요하다. 잘 생각해보면 내가 중요하게 생각하는 순서대로 돈과 시간이 쓰이고 있지는 않을 수도 있다. 나에게 좋은 선택이 아니라, 남에게 좋은 선택을 하고 있을 수도 있다. 내가 원하는 삶은 꼭 더 많은 시간과 돈이 있어야

가을. 홀로서는 자립

지만 가능한 것은 아니다. 모두가 가진 꿈의 모양이 다르듯 그에 맞는 선택이 필요하다. 나의 우선순위가 다른 사람의 기준이 아닌 나의 기준에 맞춰져 있을 때 원하는 인생에 한 발짝 더 다가갈 수 있다.

스스로에게 계속 '왜'를 물으면 어느덧 내 마음이 나침반 역할을 해준다. 그럼 내게 중요한 것들에 집중하며 덜 흔들릴 수 있다. 흔들렸다가도 다시 방향을 잡을 수 있다.

지금의 나는 과거의 나 덕분에 이곳에 있다. 나는 요즘 좋아하는 마음을 나침반 삼아 도전하고, 방황하며 나의 기준을 알아가는 데 주저하지 않았던 과거의 나에게 고마운 마음이 든다. 지금의 내가 미래의 나를 또 재미있고 의미 있는 곳으로 데려다주기를. 자신을 믿고 보듬어주며 이 모험을 즐길 것이다.

18

작고 사적인 우리만의 라디오

노래 한 곡으로 매일 여행을 떠난다. 방 안에 있어도 어디든 갈 수 있다. 음악은 지나간 추억 속으로, 가보지 못한 풍경 속으로, 영화의 한 장면으로 우리를 잠시 데려간다.

　나에게 음악은 언제나 그 자리에 있는 것이다. 어렸을 때부터 좋아해서 너무 당연해진 것. 나는 아침에 일어난 직후에도, 샤워할 때도, 요리할 때도, 글을 쓸 때도, 일할 때도, 달릴 때도, 방을 정리할 때도 음악을 듣는다. 잠잘 때만 제외하고, 일상에 늘 음악이 흐르고 있다.

　인생의 어떤 시기마다 푹 빠져 듣는 음악이 있다. 내가 어렸을 때 엄마는 7080 음악과 골든 팝을 자주 틀었다. 학교에서는 쿨의 〈애상〉에 맞춰서 친구들과 춤추고, S.E.S와

H.O.T.에 열광했다. 엄마와 함께 드라이브를 할 때는 김광석, 조정현, 사이먼 앤 가펑클의 음악을 따라 불렀다. 중학생 때는 H.O.T. 팬클럽 활동을 하며 일본 문화를 좋아했다. 우타다 히카루, 하마사키 아유미 같은 솔로 아티스트로 시작해 범프 오브 치킨, 브릴리언트 그린과 같은 밴드로 취향이 옮겨 갔다.

또 다른 음악적 토양은 악기를 다루며 자연스럽게 생겼다. 열 살 때부터 열여섯 살 때까지 '한국 청소년 리코더 합주단'으로 활동했다. 유럽과 일본에서 해외 공연을 하고, 〈리코더는 내 친구〉라는 음반도 제작했다. 2년 동안 미국에서 고등학교를 다닐 때는 플루트를 불며 고적대로 활동했고, 고등학교 2학년 때 한국에 돌아와서는 일렉트릭 기타를 연주하며 밴드에서 활동했다.

그 시절의 나는 어린 음악가나 다름없었다. 리코더를 연습하기 위해 합숙할 때면, 보름 내내 리코더만 불어 하얀 벽이 죄다 악보로 보였다. 리코더와 플루트를 불며 클래식에 친숙해졌고, 기타를 치면서부터는 록을 좋아했다. 자우림, 오아시스, 핑크 플로이드, 레드 제플린…… 고등학생 정혜윤은 밴드 멤버들과 기타 선생들의 취향을 고스란히 흡수했다.

공연을 보러 다니는 취미는 스무 살 무렵부터 생겼다. 알바를 해서 모은 돈은 거의 공연비에 썼다. 인디 밴드와 DJ 공연을 보러 다녔다. 라이브 음악에 몸을 맡긴 채 춤추고 노래 부르는 순간이면 자유를 느꼈다.

스물셋쯤에는 보고 싶은 아티스트의 목록을 정리해서 마치 버킷리스트처럼 한 팀씩 지워내려갔다. 좋아하는 아티스트가 출연하는 페스티벌은 아무리 멀어도 찾아갔다. 국내는 물론이고 해외 공연과 페스티벌을 찾아다니며 목록에 오른 아티스트의 이름을 거의 지웠다. 그래서일까. 지금은 누군가를 꼭 봐야 한다는 욕심이 사라져 더 이상 업데이트하지 않는다. 그래도 꼭 라이브로 보고 싶은 아티스트가 남아 있다. 다프트 펑크, 그리고 히사이시 조. (아쉽게도 다프트 펑크는 이 글을 쓴 몇 달 뒤 갑작스럽게 해체해 리스트에서 지울 수 없는 이름으로 남았다.)

음악을 열렬히 좋아한 게 일로 연결되기도 했다. '회사에서 공연, 페스티벌을 제일 좋아하는 아이'로 알려지며, 내가 해마다 가는 페스티벌의 SNS를 맡게 된 것이다. 그 후로 전자상거래 스타트업에서 소규모 공연을 만드는 프로모터로 일했고, 그 활동이 또 다른 경력이 되어 음악 스타트업에서 브랜드 마케터로 3년간 일했다.

이제 나는 안다. 음악을 꾸준히, 열렬하게 좋아한 덕분에 음악이 나의 경쟁력이자 능력이 되었음을. 어릴 적부터 음악을 연주하고 다양하게 감상한 덕분에 내 안에 방대한 음악 데이터가 쌓였다. 이런 상황에서는 이 음악이 어울리고, 저 사람에겐 이 음악을 추천해주고 싶다는 생각이 애쓰지 않아도 활짝 피어난다. 어떤 음악을 들으면 '이 밴드는 비틀스 영향을 받았다'거나, 이 음악은 누가 어떻게 만들었는지 떠오른다. 좋아하는 소설에 나만의 배경 음악을 붙이고, 그 음악을 들으며 소설의 감동을 다른 방식으로 느낀다.

나는 2020년 10월부터 '진짜 나'를 만나는 데 도움을 주는 다양한 프로그램을 운영하는 자아성장 큐레이션 플랫폼 '밑미'의 온라인 리추얼 메이커로서 일하고 있다. 이 일에서도 나의 키워드는 음악이다. 내가 처한 상황과 그때마다 기분에 맞는 음악을 들으며 글을 쓰는 것이 나만의 리추얼임을 확인했다. 내가 나를 알아가는 데 도움을 준 경험을 사람들과 나누고 싶어 '밑미'에서 〈나만의 플레이리스트 만들기〉 리추얼을 진행하고 있다.

자신을 기분 좋게 만드는 플레이리스트를 만드는 일은 스스로를 사랑하고 아껴주는 가장 간편한 방법이다. 어떤 노래는 기운을 북돋워주고 어떤 노래는 위로를 안겨준다. 어떤 노래는 기분을 전환시켜주고 어떤 노래는 일에 집중하게 해준다. 때로는 노랫말이 내가 처한 상황과 묘하게 맞아떨어진다. 음악이 가져다준 긍정적인 변화를 많은 사람과 나누고 싶다.

〈나만의 플레이리스트 만들기〉리추얼은 매달 스무 명의 멤버들이 한 달 동안 '카톡방'을 만들어 음악과 글을 공유한다. 빠르게 휙휙 지나가는 시간 속에서 우리는 노래 한 곡을 집중해서 듣고, 떠오르는 감정과 음악에 얽힌 기억과 오늘 하루를 이야기한다. 21세기형 음악 동아리라고 봐도 좋다. 온라인으로 이야기를 공유하지만 손 글씨로 글을 쓰는 사람이 많고, 서로 댓글을 달고 공감하는 따뜻한 분위기 때문인지 아날로그 느낌이 물씬 풍긴다. 누군가의 사연과 시선을 통해 음악을 접하는 이곳은 우리만을 위한 라디오와 같다. 우리를 위한 DJ이자 청취자가 되는 아주 작은 라디오.

리추얼 멤버들이 정성껏 고른 음악을 배경 음악 삼아 일기 같은 혹은 편지 같은 글을 읽노라면 한 사람의 삶의 단편이 머릿속에 그려진다. 글마다 그 사람의 색깔이 입혀져 2-3주부터는 저마다 캐릭터가 그려진다. 유머 감각이 뛰어난 사람. 새벽에 어울리는 글을 쓰는 사람, 전혀 다른 소재를 하나의 주제로 멋지게 결합하는 사람.

마치 옴니버스 시리즈의 에피소드를 보는 것처럼, 나는 각각의 캐릭터에 매료되어 그다음 일상의 단편을, 글과 감정을 궁금해한다. 어떤 음악은 글로는 도저히 전하지 못하는 감정을 고스란히 느끼게 해서 울컥해진다. 마음이 힘든 사람을 응원하고, 기쁜 일이 생기면 다 같이 기뻐한다. 예전에는 미처 몰랐던 노랫말의 의미를 깨닫기도 하고, 누군가에게 의미 있는 음악이 이제는 나의 음악이 되기도 한다.

내가 아는 음악을 나누고 싶어서 시작한 일이 오히려 나에게 큰 에너지를 가져다주고 있다. 리추얼 멤버들의 음악과 글을 감상하며 다정한 낭만을 느끼는 시간이 늘어나고 있다. 마음이 힘든 날에는 나를 응원해준 댓글을 읽고 힘을 차린다. 지금 내게 필요한 지혜를 배우기도 한다.

음악을 좋아하는 마음이 일로 연결되었지만, 그게 아니면 또 어떤가. 음악은 좋아하는 것만으로도 무딘 하루에 활력을 가져다준다. 일상의 눈부신 순간에는 언제나 음악이 자리한다. 음악은 홀로서기 과정에도, 나를 확장시켜 다른 사람들과 연결되는 과정에도 언제나 곁에 있었다. 음악을 좋아하길 정말 잘했다.

eyimrenee

19

너의 색깔은

집 앞에 내가 주문하지 않은 택배가 도착해 있다. '이게 뭘까' 하고 조심스럽게 상자를 뜯었다. 내게 다방면으로 좋은 영향을 주는 친구 숭이 보낸 깜짝 선물이었다. 상자에는 '우들랏 woodlot'의 아름다운 모빌이 조심스럽게 포장되어 있었다.

초록 원에서 뻗어나간 두 팔에 파란 원이 하나씩 붙어 있다. 나무 기둥에 초록색 원을 올리자 양쪽의 파란 원이 위아래로 시소처럼 움직이며 중심을 잡는다. 흘러나오는 음악에 맞춰 모빌이 리듬을 타는 것 같다. 손에 턱을 괴고 멍하니 바라보기 좋았다. 귀엽고 예쁜 시간을 선물 받았다.

동봉된 숭의 편지를 읽는다. 융지트를 위해 특별히 만든, 세상에 하나뿐인 모빌임을 알게 됐다. 피아노의 코발트블루

와 식물의 초록색을 보고 만들었다는 감동적인 말이 적혀
있다.

  - 혜윤님이 선곡한 노래를 들으면 파란색과 초록색이
    떠올라요.

  그날 아침, 밑미 리추얼 멤버인 은수님의 문장이 생각났다.
우연히 겹친 두 이야기가 모두 파랑과 초록을 이야기하고 있
어서 신기했다. 나는 '초록색 마음'을 떠올렸다. 어떤 날의 〈그
런 날에는〉을 듣다가 떠올린 생각이었다. '난 거기엘 가지 초
록색 웃음을 찾아. 내 가슴속까지 깨끗한 바람이 불게.' 초록
색 웃음이란 어떤 웃음일까. 정의 내리기 쉽지 않지만 어렴풋
이 알 것 같다. 색은 소리 내지 않아도 뭔가를 말하고 있다.
나는 '초록색 마음'을 갖고 싶었다.

  누군가의 시선을 통해 내가 인지하지 못했던 내 모습을
발견한 적이 있다. 첫 회사였던 뉴욕 광고 회사. 나는 이곳에
기획자AE로 지원했지만, 카피라이터로 시작하면 어떻겠느냐
는 제안을 받았다. 내가 글을 쓴다고? 크리에이티브 팀에서
일하는 거라고? 스스로 반문했지만, 주니어 카피라이터로 일
을 시작하며 글쓰기에 재미와 자신감이 붙었다. 그때부터 글

너
의
색
깔
을

쓰기는 평생을 동행하는 든든한 시간이 되어주었다.

그동안 어렴풋이 알고 있던 내 모습을 확인한 적도 있다.
이를테면 마케터로서의 모습. 내가 좋아하는 것들을 주변에
알리고 다녔을 뿐인데, 친구들은 내가 이야기하면 '해보고 싶
고 사고 싶다'고 말한다. 그래서인지 내가 읽는 책을 같이 읽
고, 내가 쓰는 물건을 덩달아 쓰는 사람이 많다. 구글 홈 미
니와 글로리아 분무기는 마치 홍보대사처럼 영업하고 다녔다.

나에게 작게나마 능력이 있다면 누군가 혹은 무언가가 가
진 반짝거림을 포착해서 그 특별함을 이야기로 풀어내는 재
주인 것 같다. '마케터-작가-여행가'를 관통하는 모습은 결국
이야기꾼이다. 스토리텔러로서 세상을 바라보고, 이야기를 통
해 선한 영향을 나누고 싶다. 글을 통해 '나와 너'를 연결하고
싶다.

융지트에 이사 오고 나서 나와 공간을 '색色'으로 정의 내
려주는 사람들이 많아졌다. 융지트에 놀러온 친구들이 안겨
준 선물도 색이 도드라지는 경우가 많았다. 노란색 캐리어, 노
란색 콘솔, 파란색 컵, 빨노파 향초……. 밝고 선명한 원색이
라는 공통점도 눈에 띈다. 나와 융지트와 어울리는 색을 노
랑으로 봐주는 것도, 파랑과 초록으로 봐주는 것도…… 모두
좋다.

내가 좋아하는 파랑과 초록을 떠올려본다. 지구, 융지트의 파란 피아노와 식물, 하늘과 숲, 파란색 바다와 초록색 바다, 지브리 작품, 그리고 푸르름이라는 단어. 모두 내가 깊이 사랑하는 파랑과 초록이다.

그동안 의식하지 않았는데 내가 가진 물건은 인공적으로 만들어진 것도 유난히 파랑이 많다는 사실을 깨달았다. 고등학교 시절 애지중지했던 파나소닉 CD 플레이어, 일기장처럼 썼던 노트들, 매일 쓰는 스테들러 연필, 카세트플레이어, 대학생 때 쓰던 아이팟…… 모두 파란색이었다. 누군가 좋아하는 색을 물으면 이제는 자신 있게 답할 것 같다. 나는 파랑과 초록을 좋아한다고.

김초엽 작가의 단편 소설 「스펙트럼」에는 색으로 소통하는 외계인이 등장한다. 색을 언어로 보는 발상이 너무 아름다워서 왠지 모를 벅찬 감정이 차올랐다. 색이 언어라면 자연은 내게 무슨 말을 하는 걸까. 꼭 말로 하지 않아도 얼마나 많은 이야기를 담고 있을까. 저 노을은, 나무는, 물결은 어떤 이야기를 하고 있을까, 떠올려보았다. 그것이 무엇이든, 켜켜이 쌓인 시간을 각각의 빛깔로 발산하고 있지 않을까. 나에게 그 언어를 알아듣는 능력이 있다면 좋을 텐데. 시인의 마음으로, 외계인의 눈으로 작은 것들을 들여다보고 귀기울여본다.

색은 추상적이지만 분명 어떤 감정을 전달한다. 빨강은 강렬함을, 노랑은 밝음 혹은 외로움을, 초록은 싱그러움을 전한다. '나'를 색으로 표현하면 어떤 색일까? 나에게 파랑과 초록은 자유의 색이다. 파랑과 초록으로 채워진 세상은 가슴이 뻥 뚫릴 듯한 시원함을 안겨준다. 만약 나의 색깔을 스펙트럼으로 펼친다면 파스텔 톤보다는 쨍하고 밝은 원색이 두드러질 것 같다. 그리고 파랑과 초록이 큰 지분을 차지할 것이다.

우리는 모두 별의 파편이라는 말이 있다. 수십억 년 전, 거대한 폭발로부터 우주가 형성되었고, 별의 작은 조각들이 세상을 이루었다. 한 사람이 하나의 별로 고유한 색을 내뿜는다면, 나는 당신의 색이 궁금하다. 저마다 자신만의 색으로 이루어진 팔레트에서 어떤 물감을 꺼내어 일상을 칠하는지 알고 싶다.

하늘에서 바다로 이어지는 색의 경계가 모호하듯이, 한 가지 색으로는 규정하기 힘든 색과 색 사이에서 우리는 특별한 존재가 된다. 굳이 소리 내어 말하지 않아도 마음으로 느껴지는, 나다운 색을 가진 사람이 되고 싶다.

다시 겨울, 1년 후

20

롤 모델보다 레퍼런스

가끔 내 생일에 올라온 칼럼을 다시 읽는다. "롤 모델 없음…… 청년이 온다, 청년의 언어가 온다"라는 제목으로 김지수 기자(조선비즈)가 쓴 칼럼이다.

 - 청년이 원하는 것은 오직 레퍼런스와 피드백이다. 내가
   던진 질문과 결과물이 길을 잃지 않도록, 정성 어린
   피드백으로 나침반이 되어주는 동료와 스승이다.

토씨 하나 놓치고 싶지 않을 정도로 마음을 두드리는 문장이 많았다. 어떻게 이런 글을 쓸 수 있을까, 감탄하며 몇 번을 다시 읽었다. '롤 모델보다는 레퍼런스가 필요하다'는 말에

깊이 공감했다.

롤 모델과 레퍼런스의 차이를 곱씹어본다. 롤 모델은 우러러보는 느낌이 강하다. 수직적인 관계에서 한쪽이 다른 한쪽에 무언가를 준다. 반면, 레퍼런스는 수평적인 관계에서 서로 영향을 주고받는다. 롤 모델은 '저 사람처럼 되고 싶다'고 동경하는 마음으로 누군가의 길을 따라간다면, 레퍼런스는 '저 사람을 참고해서 내가 나로 살면' 된다.

관계도, 일도, 삶의 지향점도 정답이 하나만은 아닐 것이다. 사람이나 환경에 해를 끼치는 게 아니라면 살고 싶은 방식을 결정하는 권리는 '나'에게 있다. 나는 여러 나라와 여러 회사를 유랑하며 저마다 다른 삶의 모양이 있음을 경험했다. 덕분에 일과 삶의 레퍼런스가 다양해졌다. 이렇게도 살 수 있구나, 저렇게도 생각할 수 있구나. 그 범위가 넓어질 때마다 작은 충격을 받고, 그 결과 생각의 스펙트럼이 넓어지며 성장하는 기분을 느꼈다.

〈사이드 프로젝트〉에서 인터뷰하는 사람들도 좋은 레퍼런스다. 인생을 스스로 디자인하는 사람들, 나다움을 찾고 구현하는 사람들을 보며 내가 가고 싶은 방향성을 확인한다. 누군가의 자기다움은 '너도 나처럼 살아봐'라는 위로와 용기를 준다.

생각의 다름을 '옳고 그름'으로 판단하면 깊이 있는 토론이 힘들어진다. 모두 이렇게 한다거나, 어떤 생각은 옳지 않다는 식의 내가 요청한 적 없는 편파적인 조언보다 서로 입장이 다를 수 있음을 인정하는 건설적인 피드백이 우리를 성장시킨다.

'다양성'은 나에게 너무도 중요한 화두다. 단지 여자라는 이유로, 어리다는 이유로, 가치관이 어떻다는 이유로 강요와 차별, 폭력을 당하는 일이 아직도 빈번히 일어난다. 색안경을 낀 채로 바라보고 행동하는 사람이 보일 때마다 내 목소리를 당당히 내는 것을 멈추지 말자고 다짐한다.

누구나 누군가의 레퍼런스가 될 수 있다. 좋은 점은 보고 배우면 되고, 좋지 않은 점은 반면교사로 삼으면 된다. 다행히 내 곁에는 좋은 영향을 안겨주는 친구들과 훌륭한 레퍼런스가 손에 꼽기 힘들 정도로 많다. 일의 능력보다도 누군가의 태도가 빛날 때 그 사람을 존경하게 된다. 배울 점이 많은 사람들은 열린 마음으로 새로운 것을 배우길 멈추지 않는다.

독립적으로 일을 시작하고 외롭지 않느냐는 질문을 받는다. 회사에 정규직으로 소속되어 일하지는 않지만 다양한 방식으로 일하는 모두를 동료로 느낀다. 각자의 자리에서 자신의 길을 만들어가며 함께 성장하는 친구들이 내겐 모두 좋은 동료다.

다시 겨울. 1년 후

회사를 나오며 돈을 월급보다 더 많이 벌겠다는 목표를 세웠다. 그 목표를 독립하고 두 달째에 달성했다. 마케터로서의 수입에 작가로서의 부가적인 수입이 더해졌다. 물론 다음 달에는 어떻게 될지 모른다. 더 많이 벌 수도 있고, 더 적게 벌 수도 있겠지.

기왕이면 내년에는 더 많이 벌고, 좋은 일도 더 많이 할 수 있으면 좋겠다. 이렇게 일하는 것도 가능하다는 좋은 레퍼런스가 되고 싶다. 자기 길을 만들고 싶은 사람들에게 반 발짝 혹은 한 발 정도 앞서서 실천하는 레퍼런스. 필요하다면 사람들이 궁금한 것을 모두 알려주고 이끄는 사람이 되고 싶다. 동료이자 스승으로, 각자의 길을 응원하는 친구로, 좋은 영향과 피드백을 주고받으며.

21

독립의 힘을 길러주는 기록과 공유

처음에는 개인적인 기록으로 시작했다. 일기를 쓰고 영감을 주는 정보들을 노트에 적는 것은 예전부터 해오던 일이었다. 그러다가 온라인에 글쓰기를 위한 공간을 만들고 싶었다. 글쓰기 플랫폼 브런치에 기록을 시작했다. 내가 드러나는 것이 중요하지는 않았다. 잊고 싶지 않은 기억들을 미래의 내가 꺼내어 볼 수 있도록, 내 안에 쌓여 있는 이야기를 밖으로 빼내어 정리하고 싶은 욕심이 컸다.

나를 위해 했던 기록이었기에 '누가 내 글을 봐줄까'에 노심초사하지 않았다. 하지만 꾸준히 글을 쓰는 동안 내 글이 터지는 순간들이 왔다. 얼얼하면서도 기분이 좋은 경험이었다. 내 글이 포털 사이트 메인에 뜨고, 각종 커뮤니티에 공유되면서 공유 숫자가 수백 건에서 수 천 건이 발생했다. 가장 많이 공유된 글은 8천 번 이상 공유되었고, 조회수는 9만을 넘었다. 눈덩이처럼 불어나는 숫자를 보며 놀라웠다. 디지털 세상에서 얼마나 크고 빠르게 정보가 퍼질 수 있는지 피부로 와 닿았다.

지금의 나를 보고 많은 사람들이 알지 못하는 사실이 있다. 나는 자신을 내보이는 것에 익숙하거나 자기 PR을 크게 하는 사람이 아니었다. 오히려 내가 쓴 글을 아는 사람들이 보는 것이 쑥스러워서, 그냥 조용히 기록을 해나가는 편이었다. 내가 이런 글을 썼다고 주변 누구에게도 알리지 않았다.

내가 공유를 다르게 바라보게 된 것은, 내가 알리지 않은 글을 다른 경로로 안 사람들이 여기저기서 공유하는 게 보이면서부터다. 기분이 이상했다. 내가 쓴 글을 나만 빼고 다 공유하고 있었다. 공유의 핵심은 '내가 이런 글을 썼다'가 아니라 자기가 가진 것을 나누는 것에 있었다. 개인적인 기록이더라도, 그 나눔이 누군가에게 도움이 될 수 있다는 사실을 나는 서서히 깨달았다.

누군가 내 글에 긍정적으로 반응해주는 작은 성공의 경험이 반복되며, 나의 글쓰기는 개인적인 기록에서 공유를 위한 기록으로 넘어갔다. '기록'에만 중심을 두던 나는 '공유'를 더 적극적으로 생각하기 시작했다. 지금의 나는 경험하고 느낀

것을 적극적으로 알린다. 글을 쓰고 나면 그걸 다른 채널에도 공유한다. 기록과 공유는 둘 다 마찬가지로 중요하다. 나를 위한 기록은 공유를 통해 다른 누군가를 위한 기록이 될 수 있다.

'프리 에이전트'라는 개념을 알게 된 후, 새롭게 일하는 방식을 고민하고, 그 고민을 나누며 일터 밖에서도 동료들이 생겼다. 『브랜드 마케터들의 이야기』를 함께 쓴 숭, 하빈과 프리 에이전트에 관해 토론하는 과정에서 일의 새로운 형태를 고민하는 마케터들의 협동조합 '포스트웍스POST/WORKS'를 만들었다. 이 흐름에 공감하는 다른 마케터들이 모여 9명의 멤버가 꾸려졌다.

포스트웍스는 '다음'을 뜻하는 포스트와 '일'을 뜻하는 웍스를 붙여 '미래의 일을 고민한다'는 의미를 담고 있다. 슬래시(/)는 숭의 아이디어였는데, '마케터/작가/유튜버' 등의 다양한 정체성을 표현하고, 서로 기대어 있는 모습(////)을 상징한다. 이름을 짓고, 메모 앱 노션에 포스트웍스를 소개하는 페이지를 만들었다.

포스트웍스를 만든 이유

– 일의 새로운 방식을 고민합니다. 우리의 모임은 '각자의 일을 진행하면서 때에 따라 프리 에이전트 방식으로

함께할 수 있지 않을까' 하는 고민에서 출발했습니다.

– 생각을 행동으로 옮기는 마케터들의 작은 도전입니다.
이 느슨한 연대가 좋은 레퍼런스를 만들었으면 합니다.

– '함께'의 힘을 믿습니다. 애정하는 일터 밖 동료들과
사람 간의 콜라보레이션을 이루며 시너지를 냅니다.

– 업계마다 다른 마케팅 정보의 불균형을 해소하고
싶습니다.

〈포스트웍스 노션 페이지 중〉

멤버 쏘이가 로고를 만들고, 모두의 의견을 받아 페이지를 최종 정리하고, 같은 날 모든 멤버가 각자의 인스타그램에 포스트웍스를 소개했다. 공유한 후의 반응은 놀라웠다. 우리의 고민과 지향점을 담은 소개 글만 보고도 관심을 보이는 사람이 많았다. 포스트웍스를 만든 후 한 달 동안 만나는 거의 모든 사람들로부터 포스트웍스에 관한 질문을 받았다. 어떻게 하면 포스트웍스와 일할 수 있냐는 다양한 문의가 들어왔다. '함께' 목소리를 내니 공유의 힘은 몇 배로 커졌다.

우리는 어떻게 이 영향력을 선하게 쓸 수 있을지, 아직 잘 알려지지 않은 좋은 브랜드와 소중한 가치에 어떻게 빛을 비출 수 있을지 고민한다. 각자의 일을 진행하면서 함께할 수 있는 일을 고민한다. 우선은 마케팅의 관점으로 우리에게 영

감을 주는 이야기를 알리는 일을 하고 있다. 정규직으로 속한 회사가 없는 나는 때에 따라 포스트웍스 동료들과 유닛처럼 다른 프로젝트로도 협업하고 있다.

> 모두에게 좋은 사람은 이 세상에 있을 수가 없는 것이여.
>
> 왜 남한테 장단을 맞추려고 하냐. 북 치고 장구치고
>
> 니 하고 싶은 대로 치다 보면 그 장단에 맞추고 싶은
>
> 사람들이 와서 춤추는 거여.
>
> ― 박막례 할머니

박막례 할머니의 말씀처럼, 있는 그대로의 나를 드러내자 비슷한 사람들이 모여들었다. 내가 원하는 삶을 위해 내리는 선택을 지지해주고 응원해주는 사람들이 늘어났고, 가치관이 통하는 사람들과의 '연대'는 때때로 생각지도 못했던 길과 기회를 열었다.

기록과 공유는 나를 브랜딩하며 알리는 역할을 했다. 내가 좋아하는 것과 진행해온 일들이 나에게 따라붙는 키워드처럼 되며 나의 취향, 웅지트, 일하는 방식에 관심을 가진 분들이 생겼다. 이분들을 통해 감사하게도 강연, 협업, 집필, 인터뷰 등 여러 제안이 들어온다. 기록과 공유를 하지 않았다면, 일어나지 않았을 일들이다.

"좋아하는 일이 밥 먹여주냐"라는 소리는 이제 시대에 뒤떨어진 소리다. 꼭 그럴 필요는 없지만, 본인이 원한다면 좋아하는 일이 밥을 먹여줄 수 있는 시대다. 그러기 위해서는 기록과 공유가 필수다. 과거에는 자본이 없는 개인이 할 수 있는 일이 제한적이었다면 지금 우리가 사는 시대는 다르다. 노트북과 와이파이만 있다면 무엇이든 배우고, 실행해볼 수 있다. 예전에는 TV와 라디오에서 대중을 상대로 광고를 했다면, 지금은 모두가 보는 매체가 달라졌다. 인터넷과 스마트폰, 수많은 플랫폼의 도래로 세분화된 타깃에게 1:1로 커뮤니케이션을 하는 것이 가능해졌다. 이는 작은 브랜드와 개인에게도 더 큰 가능성이 열렸음을 의미한다. 콘텐츠의 힘 자체만으로도 많은 사람들에게 닿을 수 있게 되었기 때문이다. 개개인이 크리에이터이자 미디어, 플랫폼, 하나의 브랜드인 시대다.

세상은 개개인의 독립적인 취향과 개성을 살리는 방향으로 움직이고 있다. 나만의 관점과 서사로 돈을 벌 수 있는 플랫폼은 이미 많지만 점점 더 늘어나고 있다. 우버 기사나 쿠팡맨처럼 개인이 남는 시간에 돈을 벌 수 있게 도와주는 플랫폼도 많지만, 유튜브, 뉴스레터 유료 구독, 개인이 만든 온라인 클래스 등 개인이나 브랜드가 가진 고유의 관점과 개성을 강조하며 '구독' 형태로 꾸준히 돈을 벌 수 있게 도와주는 플랫폼은 더 많아지고 있다. 누군가 돈을 많이 벌면 다른 누군가는 손해를 입는 구조가 아니라, 선택지가 많아진 만큼 자신의 관점과 개성을 살리며 돈을 벌고 상생하는 구조다.

이런 시대의 흐름을 내 편으로 만들기 위해서는 독립적으로 생각하고 일하는 힘이 필요하다. 나에게 이런 힘이 생긴 이유는 그만큼 치열하게 고민하고, 도전하고, 경험하며 나 자신을 알아가는 시간을 가졌기 때문이다.

혼란스럽고 고민이 많았기 때문에 알아보고 배우기를 멈추지 않았다. 좋아하는 건 많은데 무슨 일을 해야 할지는 모르겠고, 의미 있는 일을 하면서 돈도 잘 벌고 싶고, 자유롭고 싶은데 어떻게 하면 되는지는 모르겠고. 어떤 일을 하고, 어떻게 살고 싶은지 치열하게 고민하며 퇴사와 도전을 반복했고 그 결과 10년간 총 6개의 스타트업 및 글로벌 회사를 거쳤다. 세계 여행을 다니고 새로운 경험을 하고 책을 읽으며 세상을 공부했다. 마음에 따라 부지런히 움직인 결과 지금은 내가 원하는 형태의 독립을 이루었다.

최근에 온라인 클래스 플랫폼 클래스101에서 '회사 안에서도 밖에서도, 나를 브랜딩하며 독립적으로 일하는 법' 클래스를 열었다. 더 큰 자유와 독립을 꿈꾸며 나와 비슷한 고민을 가진 누군가에게 내가 시행착오를 겪으며 깨달은 것을 반 발짝 정도 앞서서 알려줄 수 있다면 도움이 될 수 있겠다는 믿음에서다. 일의 생산성을 높이는 도구와 노하우도 공유하지만, 나의 글과 이야기로 '용기'를 주고 싶다. 많은 사람들이 자기만의 고유한 색을 인지하고 소중하게 다루며 더 풍요롭고 행복해지면 좋겠다. 자신을 반대하거나 깎아내리지 말고, 자기 편을 들어주는 용기를 가졌으면 좋겠다. 내가 하는 여러 가지 일은 이 마음과 맞닿아 있다.

완벽하게 아는 것이 아니어도, 내가 가진 고민을 공유하는 것에도 힘이 있다. 혼자만의 고민은 여럿의 고민이 되고, 그 고민이 모여 새로운 흐름을 만든다. 지금 우리가 살고 있는 세상의 모습은 과거의 누군가 고민하고 행동한 결과다. 이 모습은 결코 고정되어 있지 않다. 지금 우리가 어떻게 느끼고, 나누고 행동하는가에 따라 미래의 모습이 결정된다.

그러니 우리 기록과 공유를 두려워하지 말자. 기록은 내가 나와 대화하는 시간을 만들어 자아를 단단하게 만든다. 공유는 누군가와의 마법 같은 연결을 만든다. 나의 고민이 보잘것없어 보일지 몰라도, 누군가에게는 생각보다 큰 위로와 용기를 줄 수 있다. 때로는 그 점 하나가 디지털 세상에서 퍼지고 연결되며 더 큰 연대의 출발점이 된다. 점이 서로 연결되며 이어진 그 별자리는 누군가에게는 어두운 밤길을 안내하는 빛이 되어줄 수 있다.

22

혼자이지만 혼자가 아니야

독립은 자유를 가져다주지만 홀로 서야 하므로 크고 작은 상실감을 동반한다. 올해 내가 잃은 것을 생각한다. 살며 한 번도 의심하지 않았던 하나의 미래를 잃었다. 서로 상처와 즐거움을 나누고 보살피던 가까운 관계를 잃었다. 그 변수가 일상을 송두리째 바꿔놓았다. 내가 아껴온 세계를 더 이상 방문할 수 없게 되면서 여러 가지를 놓아야 했다.

엄마와 함께하던 일상이 멀어졌다. 오랫동안 가족을 지탱해주었던 공간에 더 이상 갈 수 없었다. 회사로부터 벗어나 스스로를 책임져야 했다. 나 혼자 밥을 차려 먹고, 나 혼자 빨래를 돌리고, 나 혼자 청소를 한다. 은행에서 대출을 받고, 일해서 번 돈으로 각종 공과금을 내고 있다. 누가 시키지 않아도, 곁에서 잡아주지 않아도 스스로 생활의 리듬을 만들어야 한다.

내가 사랑했던 한 시절과의 작별, 그리고 독립. 사랑했던 어떤 시간이 끝났다는 사실에 슬픈 날도 많았지만, 그 찬란했던 시간을 애써 외면하지 않는다. 소중한 것을 떠나보냈다고 해서 사랑하고 사랑받던 추억까지 의미가 사라진 건 아니니까. 흘러가버린 시간을 붙잡을 수는 없으니 과거의 나를 있는 그대로 간직하고 싶다. 인생을 뒤흔들 정도로 강한 흔적을 남기는 사건의 틈에서 새로운 하루가 피어나는 법이다. 그 작은 틈 사이로 강인하고 아름다운 꽃이 피어난다.

올해 내가 얻은 것을 생각한다. 낯선 여행지에서 미처 알지 못했던 자신의 모습을 발견하듯이 '나에게 이런 모습이?' 싶은 면모를 알게 되었다. 새로운 인연도 생겼다. 네 식구가 살았던 집은 없어졌지만 융지트가 생겼고, 더 이상 직장인이 아니지만 다능인이라는 정체성이 생겼다. 지금, 나는 '독립 생활자'다.

하나의 선이 사라진 대신 또 다른 점들이 선으로 이어지며 반짝반짝 별자리를 이루었다. 잃은 것도 많았지만 얻은 것도 많았다. 힘들고 슬펐던 순간조차도 돌아보니 과분한 사랑으로 메꿔진 시간이었다. 내가 원하는 독립의 모습을 찾아갈

다시 겨울. 1년 후

수 있었던 것은 오로지 내 곁의 소중한 사람들 덕분이었다.

해외에서 활동하던 DJ 슈보스타Shubostar와 버닝맨을 다녀왔다는 공통점으로 친구가 되었다. 나만큼 음악을 사랑하는 또 다른 친구들을 만났다. 친구의 친구가 내 친구가 되고, 내 친구가 친구의 친구가 되며 우리의 세계는 확장되었다. 그렇게 일상은 또 다른 빛깔과 음악으로 채워졌다. 친구들과 춤추고, 맛있는 음식, 술, 음악이 동행한다. 융지트에 모여서 깔깔거리고 서로의 음악을 추천해준다.

끌어당김의 법칙을 믿는다. 좋은 영향을 주고받으며 함께 성장하는 사람들이 많아진 것은 내가 그동안 그들을 열심히 찾아다녔기 때문일 테다. 우리는 비슷한 서로를 끌어당겼다. 과거의 내가 지금의 나를 끌어당겼다.

겨울이 막 시작할 무렵, 수진, 슈보와 2박 3일의 짧은 여행을 마치고 집으로 들어선 순간, 모든 것이 제자리에 있는 듯한 기분이 들었다. 나의 자리를 다시 찾은 기분. 내가 있어야 할 곳을 되찾았다는 안도감. 익숙해진 일상이 얼마나 소중한지 확인한다. 종종 이런 얘길 듣는다. 내 주변에 좋은 사람이 진짜 많다고. 그럼 나는 고개를 끄덕인다. 나는 이미 부자 중에 부자다. 주변의 고마운 사람들 덕분에 빠르게 나를 다시 찾고, 내가 원하는 길을 잘 찾아갈 수 있었다. 작년에 너를 알게 되어 너무 행복하다는 나의 말에 슈보는 작년에 나를 만난 것을 자신이 성장했다는 지표로 본다고 답했다. 수진이는 랜덤한 순간순간 나에게 자꾸 고맙다고 말한다. 나 역시 마찬가지다. 좋아하는 사람들을 있는 힘껏 응원한다. 좋아한다고 고맙다고 틈이 날 때마다 얘기한다. 누군가를 순수하게 좋아하고 응원하는 것이 능력이 될 수도 있구나 생각한다. 진심 어린 응원과 칭찬은 언젠가 내게 더 큰 형태로 돌아온다.

요즘 친구들과 '크루crew'의 개념으로 놀면서 일하고, 일하면서 노는 다양한 이야기를 나누고 있다. 우리가 공간을 만든다면 어떻게 콘텐츠를 채울까? 내가 책과 관련된 행사를 열면 그곳에서 슈보가 음악을 틀고 다른 친구가 사진을 찍을 수 있지 않을까? 브랜드도 만들고, 해외와도 연결시킬 수 있지 않을까? 질문을 던지는 것만으로도 에너지가 샘솟는다. 앤디 워홀과 바스키아처럼, 에꼴 드 파리의 예술가들처럼, 다방 낙랑파라에 모이던 경성의 작가들처럼. 각자의 작업을 이어가면서 좋은 영향을 주고받으며, 따로 또 같이 재밌는 일들을 만들고 싶다. 지금 내 곁에 있는 모든 것에 감사의 인사를 전한다. 뭉뚝해져가는 연필이 유난히 뿌듯한 오늘, 굵은 심지로 또렷하게 적는다.

나는 혼자이지만 혼자가 아니다.

다시 겨울. 1년 후

23

엄마의 독립

엄마는 등대를 좋아했다. 우리 가족이 가장 여행을 많이 다니던 시절에 엄마는 여행지에서 등대 자석이나 모형, 초, 액자를 모았다. 바다에 가면 우리 가족은 등대를 찾아갔고, 기념품 숍에 들어가면 이런저런 등대 아이템을 들고 엄마의 의견을 물었다. 엄마가 등대를 좋아하는 건, 우리 가족에게도 작은 재미였다. 그러다가 사는 게 바빠져서인지, 언제부터인가 엄마의 그 귀여운 취미 생활이 뜸해졌다. 예전처럼 등대를 사서 모으지 않게 되었다.

　내가 기억하는 가장 오래된 시절부터 엄마의 시간은 가족을 중심으로 흘렀다. 엄마는 필요할 때 늘 우리 시간에 맞춰 달려왔다. 베풀고 나누기 좋아하는 엄마와 유독 독립적인 성향이 강한 나. 조금 다른 기질을 가진 우리는 종종 부딪쳤다. 엄마가 내 방을 깨끗하게 치워주면, 나는 엄마에게 짜증을 냈다. 내가 해야 할 일을 누군가 대신해주는 게 싫었다. 고맙다는 말 한마디가 그렇게 어려운 것도 아닌데, 왜 이렇게 엄마 앞에서는 쉽게 철부지 딸이 되는 건지. 매일 차려지는 맛있는 밥상과 뽀송뽀송한 빨래는 다 엄마 손에 맡겨두면서 말이다. 동생 지윤이 있어 다행이었다. 지윤은 같은 상황에서도 사랑스럽게 좋아하며 고맙다고 말하는 아이니까.

그러다가 지윤이 결혼하고, 엄마와 둘이 살면서 서로를 깊이 이해하는 기간이 있었다. 『퇴사는 여행』을 쓰고 나서 달라졌다고 할까. 가족에게 꺼내기엔 부끄럽고 멋쩍어서 하지 않던 이야기들을 책을 통해 건넬 수 있었다. 엄마와 딸로서도 대화하지만, 사람 대 사람으로서 이야기를 나누는 순간들이 생겼다.

아빠를 잃은 후에야 엄마가 나를 갖기 전에 겪었던 어떤 아픔을 알게 된 적 있다. 시간이 흘러 엄마는 무덤덤하게 얘기했지만, 그 시절의 엄마는 어땠을까 생각하면 기분이 이상했다. 엄마는 또 내가 모르는 얼마나 많은 일을 겪었을까?

소중한 사람의 부재는 시간이 유한하다는 사실을 깨닫게 한다. 함께 아픔을 겪은 이들이 그걸 극복하는 과정에서 나누는 이야기들이 있다. 매주 주말 아침이면 아빠가 식탁 위에

'밥 먹으러 가자'는 포스트잇을 붙여놓던 것처럼, 너무 일상적이어서 그때는 특별한 줄 모르던 일들이 시간이 흐르니 특별한 기억이 되어 있었다.

2020년은 내가 독립을 한 시기이기도 하지만 엄마도 독립한 시기다. 우리 가족의 추억이 담긴 집이 사라지는 것은 슬펐지만, 독립은 엄마에게도 새로운 에너지를 주었다. 내가 모험을 좋아하고 씩씩한 것도 엄마를 닮아서이니까. 내 취향의 토대가 엄마로부터 온 것만큼, 엄마도 '엄마'가 아닌 '재임'이라는 예쁜 자기 이름으로 자신과의 시간을 즐기기를 바랐다.

엄마의 집을 같이 꾸며주었다. 초록색과 갈색을 포인트 컬러로 잡고, 거의 20년 만에 가구를 새로 주문했다. 원목 TV장과 빈티지 서랍을 사고, 베이지색 원목 톤 의자와 재스퍼 모리슨이 디자인한 연두색 의자를 샀다. 개인적인 취향과 사심을 더해서 내 위시리스트였던 가리모쿠 초록색 1인 소파도 엄마에게 선물했다.

기본적인 가구를 채우고, 엄마 집에 놀러 갈 때마다 보이는 작은 변화들이 반가웠다. 우리 집에 있던 책 수백 권이 작은 창고처럼 따로 난 수납장 안에 완벽하게 정리되었다. 융지트에서 내가 직접 만든 도자기를 5년 만에 꺼내 썼듯이, 엄마도 2002년에 직접 만든 도자기들을 꺼내어 사용하기 시작했다. 선물 받거나 예전부터 모은 예쁜 컵들은 서랍 밖으로 나와 아일랜드 바에 진열되었다.

식물도 점점 많아지고 있다. 엄마는 나만큼 식물을 많이 키우지는 않겠다고 했지만, 갈 때마다 화분이 하나둘 늘어나 있어서 나는 킬킬거리고 웃는다. 쑥쑥 잘도 자라는 셀렘과 새잎이 나는 식물들을 엄마가 소녀처럼 자랑하는 모습을 보는 게 좋다. 엄마도, 나도 혼자 산다고 표현하지만 사실은 초록이들과 함께 살고 있다.

엄마는 아직 확실하게 모르는 것 같지만, 엄마만의 분명한 취향이 있다. 엄마는 월간지 《컨셉진》을 좋아한다. 정기 구독까지 하고 계신다. 엄마는 클래식과 어쿠스틱 음악을 좋아한다. 엄마가 일본의 싱어송라이터 오하시 트리오의 음악을 듣고 있을 때는 깜짝 놀랐다. 언어를 배우는 것을 좋아하고 사진도 좋아한다. 그래서 엄마 집에는 좋은 책과 사진집이 많다. 특히 좋아하는 비비안 마이어 사진집은 거실에 나와 있다. 엄마가 예전에 모은 등대들은 집안 구석구석 자리를 잡았다. 독립을 하며 엄마의 취향도 다시 선명해지고 있다.

– 〈사이드 프로젝트〉 너무 좋은 것 같아.

엄마의 새집이 조금은 익숙해진 어느 날 엄마가 말했다. 엄마는 내가 운영하는 〈사이드 프로젝트〉의 열혈 구독자로 내가 진행하는 인터뷰를 전부 읽는다. 뉴스레터를 보내고 나면 엄마가 가끔 소감을 전해준다. 내가 누군가를 통해 얻은 에너지를 나누고, 그 에너지를 엄마가 흡수해서 다시 나에게 보낸다. 인터뷰를 읽고 내가 왜 이 인터뷰이를 좋아하는지, 왜 계속 뭔가를 꿈꾸고, 시작하고, 탐험하고 싶어 하는지를 이해한다. 사이드의 인터뷰가 엄마에게도 좋은 영향이 있었을 거라고 믿는다.

엄마는 여전히 날씨가 좋으면 거리를 걷고, 요가 학원이 열리면 가고, 언어를 공부한다. 그대로인 모습도 많지만, 새로 생긴 변화도 있다. 엄마는 월, 수, 금요일 아침에 지윤이 운영하는 샌드위치 가게에서 일을 돕고 월급을 받는다. 이것저것 생각하지 않고 단순한 일을 하는 게 좋다고 한다. 가게에 있는 알바생들을 잘 챙겨줘서인지 이십 대 알바생들과도 부쩍 가까워졌다.

엄마는 그림을 다시 그리고 싶다고 했다. 할머니 댁에는 엄마가 그린 수채 정물화가 벽에 걸려 있었다. 아름다운 그림이었다. 음악 듣고, 언어를 공부하고, 그림도 그리고. 엄마의 새로운 공간에서 엄마를 기쁘게 하는 시간을 많이 찾았으면 좋겠다. 엄마가 하고 싶은 일을 하면서 조금 더 이기적으로 살면 좋겠다. 딸들에게는 그렇게 잘 안 되는 게 엄마의 마음이겠지만.

2020년을 하루 남겨둔 12월 30일 밤, 융지트에서 샘 스미스의 〈The Lighthouse Keeper〉를 듣다가 엄마 생각이 났다. 일차적으로는 등대 때문이었고, 가사를 보면서 엄마의 입장 같아 뭉클해졌다.

- 내가 너의 등대지기가 되어, 무사히 집으로 돌아올 수
  있게 할게.

엄마는 등대지기처럼 나와 지윤을 위한 불을 언제나 환하게 밝히고 있다. 항해를 나갔다가 폭풍을 만나거나 길을 잃으면, 그 빛을 따라 안전하게 집으로 돌아간다. 그곳에는 두 팔 벌려 우리를 반겨주는 엄마가 있다. 언제 준비했는지 모를 따뜻하고 맛있는 밥과 여러 가지 반찬을 차려준다. 엄마 집에 가는 날이면 친구들에게 자랑한다.

- 나, 오늘 엄마 밥 먹는다!

아직도 가끔 투덜대는 철없는 딸이지만, 내가 자신 있게 할 수 있는 일은 엄마의 밥을 세상에서 가장 맛있게 먹는 일. 그곳이 어디든, 둘러앉아 먹는 밥상 앞에서 우리 가족과 사랑을 느낀다.

올해 크리스마스는 엄마의 집에서 엄마 밥을 먹으며 보냈다. 새해도 엄마의 집에서 맞이할까 한다. 1월 1일이 되는 밤 12시에 카운트다운을 보는 건 매년 우리 가족이 하는 일이었으니까. 우리 집은 어떤 장소가 아니라 그냥 엄마의 따뜻한 품이었다.

엄마, 우리 앞으로도 건강하고 행복하게 잘 지내자. 엄마의 독립과 새로운 챕터를 응원해요. 사랑해요 엄마.

24

계절이 무르익듯이, 나의 홀로서기도 무르익었다

언제 이렇게 시간이 흘렀을까? 1년 전 이맘때 나는 매일 울면 서 하루를 보냈다. 아무리 기운을 내려고 애를 써도 그 애를 쓸 힘조차 없어서 그게 또 서러워서 울었다. 아무리 바빠도 밥 챙겨 먹는 것을 중요하게 생각하면서, 밥도 잘 안 먹고, 잠 도 잘 오지 않아 천장만 하릴없이 바라보다가 겨우 눈을 붙 이곤 했다. 아빠가 세상을 떠난 계절도 하필 겨울이었다. 안 그래도 추위가 싫고, 해가 빨리 지는 것도 싫은데. 연말이면 마음이 가라앉는 건 어쩔 수 없었다.

시간은 그런 나의 상태는 아랑곳 않고 흘러갔다. 추웠던 계절을 지나 해가 바뀌었다. 야윈 나뭇가지에 여리고 파릇한 잎이 돋아났다. 잿빛과 새벽빛의 세상이 연둣빛을 찾아갈 때쯤, 나는 운명처럼 내가 사랑할 만한 공간을 찾아 독립했다.

겨울 내내 잠수를 타다가 날이 풀리기 시작하며 다시 친구들을 만났다. 하고 싶은 일을 적어보며 기운을 되찾았다. 내 공간에 이름을 붙이고, 내가 좋아하는 것들로 채울수록 텅 비었던 마음은 조금씩 메꿔졌다. 새로운 일상에 이내 익숙해졌다.

봄에서 여름으로 넘어가며 해외로 나가지는 못했지만 평생 기억에 남을 만한 여행을 다녀왔고, 이전에도 친했던 친구 수진과는 소울 메이트와 다름없을 정도로 사이가 깊어졌다. 새로 사귄 친구지만 올해 내 시간의 큰 지분을 차지하게 된 친구 슈보를 만났고, 음악을 즐기며 웃는 시간은 예전과 모습은 달라졌을지언정 그대로였다.

하반기에는 회사를 떠나 새로운 매일을 열었다. 웅크리고 있던 날개를 펴고 활활 날았다. 사방 어디로든 갈 수 있었다. 회사를 다닐 때보다 바빠져 즐거운 비명을 지르며 가을과 겨울을 보냈다.

시간이란 뭘까. 자주 생각한다. 내가 우주와 SF 영화, 과학 소설을 좋아하는 이유는 우리가 당연하다고 믿는 것에 다른 시각을 제시하기 때문이다. 세상을, 인생을 다른 관점에서 상상할 수 있게 만들어줘서 좋다.

드니 빌뇌브 감독의 영화 〈컨택트 원제: Arrival〉에 나온 것처럼 과거와 현재, 미래가 동시에 존재하고 있다고 느낄 때가 있다. 올해는 그런 생각이 더 자주 들었다. 미래가 정해져 있다고 믿는 것과는 좀 다르다. 선택은 지금의 내 의지에 달려 있지만, 과거와 미래는 지금도 어딘가 존재하고 있을 수도 있다.

영화에서 루이스는 다가올 슬픈 미래를 미리 알고 있다. 그런데도 그 미래를 향해 가는 현재를 선택한다. 나 역시 그 상황이었다면 같은 선택을 했을 것이다. 미래에 아프다고 해서 사랑하는 사람과의 행복한 지금을 포기할 순 없었을 테니까. 과거의 수많은 사건과 선택으로 인해 지금의 내가 있다. 이미 일어난 일은 일어난 일. 내가 가보지 못한 길보다 현재의 이 길이 나에게 최선이었다고 믿는다. 내가 그렇게 만들 것이다.

영화의 원작을 쓴 테드 창의 또 다른 단편 「소프트웨어 객체의 생애 주기」에는 감정을 느끼는 로봇이 나온다. 처음에 사람들은 로봇을 아바타이자 반려동물처럼 키우지만, 로봇이 진화하고 다양한 감정을 느끼게 될수록 아이를 키우는 것처럼 로봇을 대한다. 그리고 재미있게도 로봇들은 감정이 고도화될수록 사람의 안전한 보호막(자유가 제한된 통제된 상황)을 벗어나 독립하고 싶어 한다.

주인공 애나가 키우는 로봇 잭스가 사랑을 알게 되며, 슬픔과 좌절을 겪을 거라는 상황이 명백해지자 애나는 본격적

다시 겨울. 1년 후

244

으로 잭스에게 '살아가는 법'을 가르쳐야겠다고 다짐한다. 사랑하는 감정은 아픔을 동반한다는 결론으로 직결되었기 때문이다.

살아간다는 건 뭘까. 상처받지 않고 안전하기 위해 자유가 없는 통제 아래 사는 게 우리가 원하는 인생의 모습일까. 그런다고 정말로 다치지 않을 수 있을까. 사랑을 하는 누구나 어떤 형태로든 아픔을 겪는다. 우리가 슬프고 아픈 이유는 결국 사랑하기 때문이다. 미래를 알 수 없어 불안한 것은 우리에게 꿈꿀 수 있는 자유가 있기 때문이다. 언제나 행복하고 기쁘지만은 않은 게 인생이고, 그냥 이게 이 세상을 왔다 가는 거에 대한 어쩔 수 없는 묶음 패키지가 아닐까.

최대한 효율적으로 생산성을 올리기 위한 알고리즘으로 짜인 로봇이 그 로직과는 반대되는 방향으로 행동할 때, 로봇이 희생할 때 그가 사랑을 배웠다고 판단한다. 나는 희생이란 단어를 그다지 반기지는 않지만, 자신보다 누군가를 위하는 마음을 사랑이 아니면 뭐라고 표현할 수 있을까. 이 비효율적인 감정이 인간을 인간답게 만드는 것이 아닐까. 그래도 가능한 한 누군가에게 사랑을 주는 만큼 스스로를 아껴줬으면 좋겠다. 사랑받는 사람도 사랑을 주는 사람이 행복하기를 바랄 테니까. 네가 좋으면 나도 좋다는 그 마음은 마찬가지일 테니까.

계절이 무르익듯이. 나의 홀로서기도 무르익었다

우리는 시간을 절약해서 원하는 삶을 만들어 나가는
것이 아닙니다. 우리가 원하는 삶을 만들어 나가게 되면,
시간은 저절로 절약되는 것입니다.

- 로라 밴더캠

우연히 시간 관리 전문가인 로라 밴더캠의 테드 영상을
보다가 내가 직감적으로 느끼고 있던 문장을 발견했다. 로라
밴더캠은 시간을 잘 쓰기 위한 방법으로 '고장 난 온수기'를
예로 든다. 누군가 집에 온수기가 고장 나서 바닥에 물난리
가 났다. 온수기를 수리하고, 전문 청소 업체를 불러 원 상태
로 수습하기까지 총 7시간이 걸렸다. 일주일 중에 7시간은 많
은 시간이다. 만약 온수기가 고장 나기 전에 7시간을 누군가
멘토링 하거나 무언가를 배우는 데 쓸 수 있냐고 물었다면,
대부분 사람들은 안 된다고, 바쁘다고 답했을 것이란 이야기
였다.

시간의 양은 한정되어 있지만, 시간은 탄력적이다. 그래서
로라 밴더캠은 우리의 우선순위를 고장 난 온수기와 동등하
게 취급하라고 이야기한다. 사실은 내가 사용하는 매 시간은
나의 선택이라는 것. 시간이 없다는 말은 결국 나의 우선순
위가 아니라는 것. 일주일에는 168시간이 있다는 것.

많은 사람들이 '해야 할 일'은 과대평가하면서 나에게 주

어진 시간과 내가 하고 싶은 일, 좋아하는 마음은 과소평가한다. 그래서 시간은 점점 사라진다. "빨리빨리"에 사로잡혀 엄청난 속도로 많은 일이 진행되지만, 성공, 확장, 효율성, 이익 극대화, 자본 회수, 기술 독점이라는 숫자와 목표에 가려져 사람을 기계처럼 대하고, 그 과정에서 정작 중요한 것들의 가치가 소외된다.

"빨리빨리"로 시간을 절약하지만, 그 절약한 시간을 쓰지 않는다면, 그 시간이 진정으로 의미 있게 쓰이지 않는다면, 그게 다 무슨 소용일까?

내가 바라는 삶을 만들어가는 방법은 거꾸로 생각하는 데 있는지도 모른다. 내게 의미 있는 일에 시간을 쓰는 것이 중요하다. 아직 그 일이 어떤 것인지 모르겠다면, 자신에게 의미 있는 것을 알아가기 위해 시간을 쓰는 것이 중요하다. 시간을 아껴서 자기가 원하는 삶을 만들어나가는 것이 아니라 지금 자신이 원하는 삶을 만들어나가면 시간은 저절로 따라온다.

다시 겨울이 왔고, 이별을 한 지도 1년이 넘었다. 오늘과 내일은 별반 다르지 않았지만, 겨울의 한 부분, 봄의 한 부분, 여름의 한 부분, 가을의 한 부분을 찍어보면 전부 달라 보이듯이. 그렇게 계절이 무르익듯이, 나의 홀로서기도 무르익었다.

마음을 주었던 사람, 집, 일터와 작별해야 하는 것이 아쉬

계절이 무르익듯이, 나의 홀로서기도 무르익었다

웠고, 그 속에 있는 나와도 안녕을 해야 하는 것이 슬펐다. 팬데믹 시대로 이전과는 달라진 일상이 낯설었다. 그런 상황에서도 인생의 작은 아름다움과 감사할 것은 여전히 존재했다. 사랑하고 사랑 받은 기억은 사라지지 않았다. 어떤 상황이든 사랑하는 마음은 곳곳에 남아 모래알처럼 반짝거렸다.

이맘때쯤이면 아픈 기억이 떠올라서 이 계절이 싫다고, 연말이 오는 게 싫다고 단정 짓곤 했는데. 올해는 또 조금 달랐다. 내가 잃고 떠나보낸 것에 마음이 시큰거리는 순간도 오지만, 그 순간은 지나갈 것임을 알고 있다. 따뜻한 기억은 여전히 그곳에 그 모습으로 남아 있음 또한 알고 있다. 슬픔을 고이 접어 너무 아프지 않게 간직하는 법을 배웠다. 슬픔 안에는 누군가를 사랑하는 마음, 타인에게 공감하기 때문에 아파하는 예쁜 마음이 있다. 그 감정은 그대로 두고 지금 내 곁에 있는 존재에 감사함과 기쁨을 느낀다.

내게 주어진 시간을 어떻게 쓸 것인가. 오랜 고민이었고, 앞으로도 함께할 고민이다. 인생에 정답이 없듯이 이 질문에도 정답은 없다. 하지만 언제나 약간의 미지수로 남을 이 질문에 한 가지 확신하는 것은 있다. 사랑하는 마음이 열쇠라는 것.

상처 받는 것이 두려워 몸을 사리고 싶지 않다. 한 번뿐인 인생에 마음을 아끼고 싶지 않다. 약해지는 순간이 오면, 주

다시 겨울. 1년 후

248

변에 손을 내밀면 된다. 밑으로 내려가면 바닥을 인지하고 도움닫기를 하면 된다.

내게 매일 새로운 오늘이 주어졌다는 사실에 순수한 기쁨을 느끼며 살고 싶다. 글을 쓰고, 그림을 그리고, 음악을 듣고, 춤을 추며 자유롭게 나를 표현하며 살고 싶다. 그 과정에서 조금이라도 누군가에게 즐거움과 좋은 영향을 줄 수 있다면 좋겠다고 생각한다. 시간이 흘러도 나만의 재미와 멋을 지키고 찾아가는 사람, 좋은 에너지를 나누고 베푸는 사람, 약자를 보호하고 타인에게 친절한 사람, 나 자신에게 솔직하고 당당한 사람으로 살고 싶다.

앞으로의 시간이 두려우면서도 기대되는 이유는 『퇴사는 여행』을 썼을 때와 동일하게 내가 어떻게 살고 싶은가에 관한 내 안의 나침반을 또 한 번 확인했기 때문이다. 길을 잃어도 괜찮다. 2017년에도 그랬듯, 2020년에도 그랬듯, 내게 의미 있는 나만의 방식으로 삶을 변주해 나갈 것이다.

과거의 나와 미래의 내가 지금의 나를 응원하고 있다고 믿으며. 나를 사랑해주었고, 사랑해주는 수많은 사람들을 떠올리며. 지나간 시간과 다가올 나의 모든 시간을 온 마음으로 기꺼이 사랑하기를 선택한다.

에필로그

스스로 온전히

꿈꾸는 사람으로 태어나 도달하고 싶은 곳을 그리기를 멈추지 않았다. 내일을 그리며 항해했지만, 예상하지 못한 폭풍우에 휩쓸렸다. 태풍 속에서는 아름다운 하늘이 잘 보이지 않았고, 어쩔 수 없이 경로를 틀어야 했다. 목적지를 변경해야 했다.

변화는 예고 없이 온다. 시대는 너무 빠르게 변하고, 그래서 불안함은 커져만 간다. 미래를 알 수 없지만, 확실하게 아는 미래는 있다. 인생은 한정되어 있고, 언젠가는 모두 예외 없이 죽음을 맞이한다는 사실. 그걸 알고 있는 나는 이 행성에 잠시 다녀감으로써 작게라도 어떤 영향을 주고 싶은 걸까.

누군가에게 혹은 어떤 신념이나 가치를 위해 시간을 얼마큼 쓸 것인가. 이 질문은 나 자신에게 자주 던져온 질문이기도 하고, 앞으로도 던질 질문이다. 여러 번 퇴사하고 독립한 것도 이 고민과 늘 맞물려 있었다.

사랑했던 모든 존재도 언젠가 끝이 난다. 이별은 인간이 타고난 숙명이다. 삶이 무한정 이어지고 죽음이 없다면 과연 살아 있음을 이만큼이나 소중하게 여길 수 있을까. 삶에 끝이 없고, 뭔가를 만질 수도, 느낄 수도 없다면 그때는 삶의 목적이란 게 생길까. 모든 것의 끝이 언제인지, 어떤 것인지 알 수가 없어 무섭지만, 그 모든 걸 다 초월한 뒤에는 과연 지금처럼 작은 일에 감탄하고 감사할 수 있을까.

아픔을 겪으면 강해진다는 말은 잔인하지만 사실이었다. 살다보면 나에게 생기지 않을 거라 생각했던, 현실 같지 않은 힘든 일도, 슬픈 순간도 찾아오지만, 이전에 느끼지 못했던 감정을 느끼고 나는 그만큼 세상의 아름다움에 예민해졌다. 계절이 흘러 꽃이 지고, 그 자리에는 새로운 계절에 새로운 꽃이 핀다. 올해 피는 꽃은 작년과는 또 다른, 아예 새로운 꽃이라는 사실을 예전에는 크게 생각해본 적이 없었다.

다시 키를 잡고 빛을 찾아 방향을 틀었다. 내가 나에게 의지했다. 용기를 내어 나를 믿어주고 사랑해주었다. 폭우를 벗어나 다시 햇볕이 내리쬐었다. 비가 내린 뒤에 무지개가 떴고, 겨울이 가니 봄이 왔다.

누군가의 독립 뒤에는 그가 걸어온 길이 있다. 좌절했다가 다시 일어섰다가, 울었다가 웃었다가, 자유로웠다가 책임을 졌다가, 아프다가 다시 강인해지는 누군가의 고민과 일상의 단편이 녹아 있다. 독립은 내가 나로서 존재하기 위해 걸어본 길이자, 나에게 집중하고 시간을 써보는 것이다. 독립은 자신에게 힘을 부여해주는 일, 내면을 들여다보며 자기 세계를 확고하게 만드는 일이다.

어디에도, 누구에게도 묶이지 않은 채로 혼자서도 자유롭게 행복해졌다. 그러나 이 책을 쓰고 1년을 돌아보며, 나의 독립은 주변 사람들의 사랑 없이는 불가능했다는 것과 혼자여도 혼자가 아니었다는 걸 느꼈다.

2020년 초, 내 목표는 '더 나은 사람'이었다. 이 목표를 이루기 위해 부단히 노력했다. 마음이 아픈 것이 느껴졌을 때, 할 수 있는 한 가장 건강한 방식으로 이겨내려고 애썼다. 책을 읽고, 배우고 싶었던 것을 배우고, 글을 쓰고, 운동을 하면서. 건강한 음식을 먹고, 나의 공간을 나답게 꾸미면서.

그 시간의 끝에 지금의 나는 이전의 나보다 또 한 뼘 정도 성장했다. 2019년과 2020년의 나는 너무나 다르지만, 『퇴사는 여행』 속의 나와 『독립은 여행』을 쓰고 있는 나는 똑같은 사람이다. 그때 했던 이야기를 또 다른 형태로 겪고 건네고 있다는 기분이 든다.

가끔 『퇴사는 여행』을 펼쳐본다. 내가 쓴 책을 다시 읽는다니 웃길 수도 있지만, 그 책에는 아무리 시간이 흘러도 잊고 싶지 않은 마음이 담겨 있다. 『독립은 여행』도 그런 마음으로 썼다. 아무리 시간이 흘러도 잊고 싶지 않은 마음. 미래의 내가 흔들릴 때, 중요한 것을 상기시키길 바라는 마음으로 썼다.

글을 쓰는 것은 내가 아픔을 극복하는 방법이었다. 책을 쓰고 나면, 인생의 한 챕터를 제대로 마무리한 기분이 들 것 같았다. 글을 쓰는 동안 내가 나와 보낸 시간을 회고하며 스스로 온전해졌다.

독립을 하기 전. 그때도 좋았지만, 지금도 좋다. 이전의 나
도 좋고, 지금의 나도 좋다.

나의 독립 이야기가 홀로서기를 앞둔 사람들에게 작은 힘
이 된다면 좋겠다. 사랑했던 과거와 작별해야 하는 이의 마음
을 보듬고, 작은 위로와 용기를 주고 싶다. 갈라진 틈에서 꽃
을 피우는 힘은 누구도 아닌 우리의 마음속에 있다.

내가 아꼈던 삶의 한 챕터를 마무리하고, 지나간 나날에
안녕을 고하며. 설레는 마음으로 다가올 봄을 기다린다.

에
필
로
그

독립은 여행 플레이리스트

시간을 달리는 소녀 OST

변하지 않는 것

제 의지와는 달리 빠르게
변하는 것들 사이에서 변하지
않는 것을 찾고 싶었어요.
이 애니메이션도 정말
좋아하는데, 가사 때문에
이 음악을 더 들었던 것 같아요.

Flower Face

Angela

2020년에 발견하고 굉장히
많이 들었던 곡이에요. 마음에
찬 바람이 부는 것 같았던
그 겨울과 닮은 음악이었어요.

전진희

놓아주자

이 노래를 틀어놓고 펑펑
울었던 기억 때문인지 지금도
들으면 울컥합니다. 누가 볼까
신경 쓰지 않고 시원하게
울어버리는 거. 묘한 해방감이
있더라고요. 글에 있는 다른
곡들도 함께 추천해요.

FKJ

Ylang Ylang

FKJ를 매우 좋아합니다.
특히 그의 라이브 시리즈요.
FKJ의 음악은 융지트와 아주
잘 어울려요.

독립은 여행 플레이리스트

Liam Gallagher

For What It's Worth

뒷짐 지고 발 한쪽을 흔들면서
노래하는 리암의 모습이
좋아요. "지금 나는 행복하니까
상관없어." 이 대사를 기억하며
살려고 합니다.

Novo Amor

Carry You

건강한 에너지가 살아났던
봄에 반복해서 들었던
노래예요. 눈을 감고
들어보세요. 기분 좋은 바람이
불고, 나무들이 살랑거리는
소리가 들리지 않나요.

독립은 여행 플레이리스트

Hisaishi Joe

바다가 보이는 마을
(마녀 배달부 키키 OST)

히사이시 조의 음악을 매일
들어요. 이 노래로 여전히
매일 아침을 여는데 질리지가
않습니다. 그냥 너무 좋아요.

Ruel

Painkiller

이 곡을 들으면 춤추며
행복해하던 수진과 저의
모습이 떠올라서 기분이
좋아져요. 마침 제목도 페인
킬러. 힘들 때도 나를 웃게
해주는 친구가 있다는 게
엄청난 복이더라고요.

독립은 여행 플레이리스트

Auli'i Cravalho

How Far I'll Go

나는 뭐가 문제지? 왜 이렇게
안에 자꾸 뭐가 꿈틀거리지?
이런 마음 느껴본 적 있으세요?
저는 그래서인지 〈모아나〉를
보면서 울었어요. 저 같은
친구들이 주변에 많더라고요.

Toro y Moi

Freelance

발매됐을 때부터 좋아한
곡인데, 이것도 저것도 하고
싶은 마음과 잘 어울려요.
제목도 프리랜스고요. 음악을
듣다보면 같이 고개를
끄덕거리고 리듬을 타게 됩니다.

독립은 여행 플레이리스트

Gorillaz

On Melancholy Hill

밝은데 좀 멜랑콜리한 곡을
좋아해요. 이 노래가 그래요.
새로운 모험을 떠나야 할 것
같으면서도 자꾸 향수를
자극합니다. 나의 과거에서
힌트를 발견하고, 그래서
한 걸음 앞으로 나아갑니다.

Mild High Club

Homage

빙글빙글 돌아가는 듯한
음악에 세상에 완전히 새로운
것은 없다고 말하는 가사.
회사에 다닌 기간이 다니지
않은 기간보다 훨씬 긴데,
새 일상에 이렇게 빠르게
익숙해진 이유는 뭘까요.
자유롭게 일하는 방식은
스스로 인식하기도 전부터
제가 찾아온 형태 같아요.

독립은 여행 플레이리스트

Still Corners

The Trip

우주를 바라보며 로드 트립을
하는 것 같아요. 매일이 정해져
있지 않은 일상을 하루하루
즐기고 있습니다.

Maye

Tú

웅지트에서 가장 많이
흘러나오는 음악 중
하나입니다. 혼자 있을 때 특히
많이 들었어요. 아침, 낮, 저녁.
아무 때나 들어도 감미롭고
좋아요.

Kid Francescoli

Moon

이 노래에 중독됐어요.
달리기할 때 들으면 은하수를
옆에 두고 뛰는 기분이 나요.
음음~ 음음~ 이 부분도
좋고요. And it went like.
말하는 부분도 좋습니다.
이후로도 저는 이 노래를
들으며 뛰지 않을까 싶네요.

엄정화

엔딩 크레딧

이 노래가 처음 나왔을 때
뮤직비디오를 몇 번이고
돌려봤어요. 가사 때문에
뭉클하면서도 화면 속
엄정화가 너무 멋있고
빛나더라고요. 사랑했던 우리
집에게 안녕을 고하며 글을
쓰기 좋은 음악이었습니다.

독립은 여행 플레이리스트

오지은

오늘은 하늘에 별이 참 많다

대학생 때 이 노래를 참 많이
들었어요. 조금 돌아가도
지하철 말고 버스를 타고,
한 정거장 일찍 내려
밤 산책을 한다는 가사가
공감됐어요. 저도 자주
그렇게 걸어 다녔거든요.
그때의 저는 지금보다 많이
서툴고 부족했고 불안했지만,
지금처럼 일상의 낭만을
느끼길 좋아했어요.

토이

우리

음악은 바로 마음을
건드려서일까요. 모르는
사람과도 따뜻한 연대를
가능하게 합니다. '라천'의
팬이었던지라, 라디오 같은
주제로 글을 쓰면서 희열님의
곡을 선곡하고 싶었어요.
"돌아보면 지금까지 좋은 날
참 많았어."

Worakls

Bleu

개인적으로 너무 좋아하는
곡인데 마침 제목이 블루인
것을 떠올리고 신이 났어요.
이 노래는 자유를 그리는 것
같아요.

PREP

Years Don't Lie

삶의 다양한 레퍼런스를 곁에
두면서 살아가고 싶어요.
이 음악의 뮤직비디오도
곡이 주는 느낌도 너무 좋아요.
동료들이 좋다고 추천해준
음악이라 그런지 글과도 잘
어울립니다.

독립은 여행 플레이리스트

Cleo Sol

Why Don't You

이 노래는 Colors 라이브
버전으로 봐야 해요. 너무
멋있거든요. 가사가 진짜
좋아요. "여전히 나는 가끔 날
의심하지만, 이제는 최소한
나 자신을 사랑해. 나는
완벽하지 않아. 그래서 매일
노력하고 조금씩 성장해."

Shubostar

Galaxy Express

우주를 여행하는 듯한 곡을
좋아하는데, 슈보의 곡들은
우주에서 듣는 디스코
같아요. 급속도로 친해져
좋은 에너지를 주고받고
있는 슈보와도 만날 운명이
아니었을까 생각합니다.

독립은 여행 플레이리스트

Sam Smith

The Lighthouse Keeper

너무 대놓고 연말 같지는
않은 곡을 찾다가 이 노래를
만났어요. 마침 엄마에 대한
글을 쓰고 싶었는데 등대를
보자마자 엄마가 떠올랐어요.
음악은 우연한 순간에 제가
글쓰는 걸 도와주기도 합니다.

Trent Reznor and Atticus Ross

Epiphany

픽사 애니메이션 〈소울〉에서
이 노래가 나오는 장면을
울면서 봤어요. 내 마음속의
불꽃은 꼭 '삶의 목적'이 아니라
삶 자체에 대한 기대감이란
걸 기억하며, 저의 눈빛을
반짝이게 한 순간들을 충분히
느끼며 살고 싶어요.

독립은 여행 플레이리스트

Bit.ly/dearwanderer2

패닉

내 낡은 서랍 속의 바다

『독립은 여행』의 엔딩 곡으로는
이 노래를 고르고 싶었어요.
2020년은 휘몰아치던
폭풍으로 시작했지만 때문에
무지개도 보고 새로운 바다를
발견했어요. 이제는 그 바다를
저의 낡은 서랍 속에 넣고,
새로운 서랍을 열어보러
갑니다.

독립은 여행 플레이리스트

독립은 여행

1판 1쇄 발행 2021년 5월 25일
1판 5쇄 발행 2022년 12월 25일

지은이 정혜윤
펴낸이 윤동희
펴낸곳 북노마드

편집 김민채
디자인 신혜정
제작 교보피앤비

출판등록 2011년 12월 28일
등록번호 제406-2011-000152호
문의 booknomad@naver.com

ISBN 979-11-86561-80-5 03810

www.booknomad.co.kr

북노마드

홀로 독(獨), 설 립(立)이라는 한자어로 이루어진 '독립'이라는 단어는 '이 땅에 홀로 섰다' '스스로 일어나고 싶다'는 뜻을 가진 주체적인 단어다. 나답게 살기 위해서 우리는 수많은 것들로부터 독립(獨立)해야 한다. 동시에 '나라는 사람'을 철저히 믿고 의지해야 한다. 이 책은 정혜윤 작가가 변화하는 상황에 흔들리지 않고, 스스로 온전히 서기 위해 치열하게 고군분투한 이야기다. 사랑에서도, 일에서도, 가족에 있어서도.

누군가에 의해 선택된 삶이 아니라, 스스로 선택하는 삶을 사는 사람은 몇이나 될까?

다른 사람이 아닌 '나'를 믿으며, 일상의 작은 행복을 발견해나가는 작가의 글에서 위안과 희망을 느낀다. 각자의 인생은 모두 달라서 누구도 답을 줄 수 없다. 하지만 이 책을 통해 힌트를 얻을 수 있을 것이다.

지금 당신이 수많은 것들로 인해 흔들리고 있다면 이 책을 집어 들기를 바란다. 작가가 독립하는 과정을 보며 큰 위로를 받을 테니까. 이 책을 읽는 모든 이가 땅 위에 두 발을 스스로 밟고 일어나기를, 그리고 자신 앞에 놓인 새로운 '독립'의 문을 열어보시길!

— 이승희(『기록의 쓸모』 지은이, 마케터)

홀로 선다는 건 누구에게나 '용기'를 필요로 하는 일이다. 하지만 용기는 태어날 때부터 주어지는 자질 같은 게 아니어서 나는 용기가 적은 편에 속했다. 그래서 혜윤이 부러웠다. 혜윤은 내가 만난 사람 가운데 제일 용기 있는 사람이다. 좋아하는 것을 더 좋아하도록, 온전한 목소리를 내도록, 주변을 환하게 밝히는 햇빛 같았다. 그와 일하며 내 삶은 더 또렷해졌다. 퇴사를 하고 이직을 하고, 가끔 스스로가 희미해지는 기분이 들 때면 그 시절을 꺼내보곤 하는데, 이제 이 책을 찾게 될 것 같다.

혜윤의 이야기는 내가 나로 살아갈 수 있는 용기를 준다. 햇빛 같았던 혜윤이 그늘을 걷어내고 다시 자신만의 명도를 찾는 동안 진심으로 위로받았다. 그리고 고마웠다. 두려움, 무기력, 절망 앞에서 삶이 희미해진 사람들에게 이 책을 추천한다.

– 이진수(《지큐 코리아GQ KOREA》 에디터)